Le Club des Cinq
et le coffre aux merveilles

Enid Blyton™

Le Club des Cinq et le coffre aux merveilles

Illustrations
Frédéric Rébéna

HACHETTE *Jeunesse*

Claude

11 ans.
Leur cousine. Avec son fidèle chien
Dagobert, elle est de toutes
les aventures.
En vrai garçon manqué,
elle est imbattable dans tous
les sports et elle ne pleure
jamais… ou presque !

François

12 ans
L'aîné des enfants,
le plus raisonnable aussi.
Grâce à son redoutable sens
de l'orientation, il peut explorer
n'importe quel souterrain sans jamais se perdre !

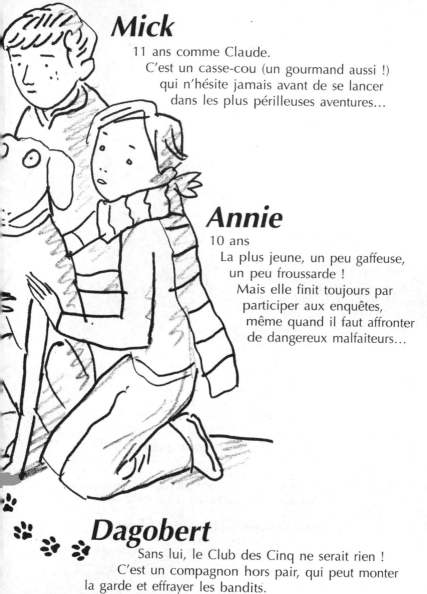

Mick

11 ans comme Claude.
C'est un casse-cou (un gourmand aussi !)
qui n'hésite jamais avant de se lancer
dans les plus périlleuses aventures...

Annie

10 ans
La plus jeune, un peu gaffeuse,
un peu froussarde !
Mais elle finit toujours par
participer aux enquêtes,
même quand il faut affronter
de dangereux malfaiteurs...

Dagobert

Sans lui, le Club des Cinq ne serait rien !
C'est un compagnon hors pair, qui peut monter
la garde et effrayer les bandits.
Mais surtout c'est le plus attachant des chiens...

L'ÉDITION ORIGINALE DE CET OUVRAGE
A PARU EN LANGUE ANGLAISE
CHEZ HODDER & STOUGHTON, LONDRES,
SOUS LE TITRE :

FIVE ON FINNISTON FARM

© Enid Blyton Ltd
© Hachette Livre, 1963, 1988, 2000, 2008 pour la présente édition.
Traduction revue par Rosalind Elland-Goldsmith

chapitre 1

Les Cinq se retrouvent

— Ouf ! souffle François, en essuyant son front moite. J'ai chaud ! Je parie qu'il fait plus frais en Australie ! Les collines du Bocage normand ne sont pas très hautes, mais pour les monter, on se croirait dans les Alpes.

Après la longue course à bicyclette, il peine à reprendre haleine. La côte a été très pénible à gravir. Son frère cadet, Mick, se met à rire.

— Eh bien ! On dirait que tu manques d'entraînement ! dit-il. Reposons-nous un moment. La vue est très belle d'ici. On domine une grande vallée.

Ils appuient leurs vélos contre une haie et s'asseyent, adossés à un gros arbre. Devant eux, s'étend un panorama superbe, miroitant sous une brume de chaleur qui bleuit l'horizon. Soudain, une légère brise s'élève ; François pousse un soupir de soulagement.

— Je n'aurais jamais fait ce voyage à V.T.T. si

7

j'avais pu prévoir qu'il ferait aussi chaud, confie-t-il. Heureusement qu'Annie ne nous a pas suivis ; dès le premier jour, elle aurait abandonné !

— Claude aurait continué, remarque l'autre. Elle est assez sportive pour tout encaisser.

— Ah ! cette chère Claudine, ajoute son frère en fermant les yeux. Je serai bien content de la retrouver, elle aussi ! Il nous arrive toujours des aventures incroyables quand on est tous les quatre.

— Tu veux dire tous les *cinq* ! N'oublie pas notre fidèle Dagobert ! Il va nous faire la fête. Oui, ce sera génial d'être réunis ! Eh ! tu as vu l'heure ? Si on se rendort, on ne sera pas au rendez-vous quand le car des filles arrivera.

L'aîné des Cinq dort déjà. Mick le regarde en riant puis, consultant sa montre, il fait un petit calcul. Il est deux heures et demie.

« Alors... Annie et Claude seront dans le bus qui s'arrête devant l'église du village à trois heures cinq, réfléchit-il. Francville est à un peu plus d'un kilomètre d'ici, en bas de la colline. Je vais accorder à François une sieste d'un quart d'heure... Pourvu que je ne m'endorme pas moi aussi ! »

Ses yeux se ferment. Il se lève pour se ragaillardir et fait quelques pas. Il ne faut surtout pas être en retard pour l'arrivée des filles et de Dagobert !

Le programme est le suivant : la petite bande doit se rendre dans une ferme appelée la ferme des Trois-Pignons, située sur une colline au-dessus du village de Francville. C'est la première fois que les Cinq séjournent dans la région. La fermière, Estelle Durand, est une amie d'enfance de la mère de Claude. Toutes deux se sont connues en colonie de vacances. Elle a écrit récemment à son ancienne camarade pour lui annoncer qu'elle prenait des pensionnaires pendant l'été. Claude a aussitôt décidé de passer une partie du mois d'août à la ferme avec ses trois cousins.

« J'espère qu'on ne s'ennuiera pas, pense Mick en observant les blés qui, dans les champs de la vallée, ondulent sous la brise. En tout cas, deux semaines, ce n'est pas la mer à boire. Et puis ce sera tellement génial d'être ensemble tous les cinq ! »

Il jette un nouveau coup d'œil à sa montre. C'est l'heure de partir. Il secoue son frère.

— Debout, paresseux !

— Encore dix minutes, grommelle François qui, se croyant dans son lit, tente de se retourner. Il s'étale sur la terre de tout son long et se redresse brusquement.

— Je croyais que j'étais dans ma chambre ! avoue-t-il.

— C'est l'heure d'aller à la rencontre du bus, déclare Mick. J'avais peur de m'endormir moi aussi et j'ai marché pour ne pas m'écrouler. Viens, dépêchons-nous, sans ça on sera en retard.

Ils descendent la colline en prenant soin de ralentir aux virages. Plus bas, le village paraît paisible, somnolent.

— Bingo ! Un marchand de glaces, lancent les deux garçons en apercevant l'enseigne d'une petite boutique.

9

— J'ai tellement soif, ajoute l'aîné, que je pourrais haleter comme Dagobert !

— Cherchons d'abord l'arrêt des cars. J'ai vu le clocher d'une église tout à l'heure, puis il a disparu...

— Voilà le bus ! l'interrompt l'autre en entendant un bruit de moteur. Il arrive ; on n'a plus qu'à le suivre.

— J'aperçois les filles ! Regarde ! On est juste à temps !

Le car s'arrête devant la vieille paroisse. Annie et Claude, chacune chargée d'un sac de voyage, sautent à terre ; Dagobert, la langue pendante, en fait autant. Tous les trois se réjouissent de sortir du véhicule surchauffé.

— Salut les garçons ! se réjouissent les jeunes voyageuses en agitant les bras. François ! Mick !

Annie est la petite sœur de François et de Mick. Claudine, leur cousine, avec ses courts cheveux bouclés et son regard intrépide, ressemble plus à un garçon qu'à une fille. D'ailleurs, elle déteste son vrai prénom, Claudine, et refuse de répondre à ceux qui l'emploient ; tout le monde a pris l'habitude de l'appeler Claude.

Les deux frères descendent de vélo tandis que le chien bondit autour d'eux en aboyant comme un fou. Eux aussi sont heureux de retrouver leurs complices en aventures ; ils leur donnent des tapes amicales sur l'épaule.

— Tu as du noir sur le menton, Claude ! taquine Mick. Et c'est quoi cette coiffure, Annie ?

— Toujours aussi aimable ! s'exclame sa cousine en lui donnant une bonne bourrade.

— J'ai attaché mes cheveux en queue de cheval ! explique la benjamine du groupe.

— Pourquoi pas une queue d'âne pendant que tu y es ? raille son frère aîné, un sourire au coin des lèvres.

— Je ne voulais pas avoir trop chaud pendant le voyage !

Elle dénoue un ruban, et ses cheveux se répandent sur ses épaules. Les plaisanteries la piquent toujours au vif. Pour la consoler, François lui serre affectueusement le bras.

— On blague ! dit-il. On est bien contents de vous revoir ! Qu'est-ce que vous diriez d'une limonade ou d'une glace ? Il y a une petite pâtisserie là-bas. Moi, j'ai une envie folle de fruits. J'espère qu'on trouvera des pêches et des prunes à la ferme.

— Eh ! Tu n'as pas dit un mot à Dago, s'écrie sa cousine, offensée. Mon chien te lèche les mains et tu ne le remarques même pas. Le pauvre, il meurt de soif.

— Donne la patte, Dag ! ordonne l'aîné des Cinq.

L'animal lui tend poliment la patte droite. Il en fait de même pour Mick, puis se remet à gambader et manque de renverser un petit garçon sur son tricycle.

— Viens, Dagobert, et tu auras une glace ! annonce sa maîtresse en posant la main sur sa tête.

— Il est complètement essoufflé ! observe Annie. Claude, je parie qu'il voudrait bien enlever son manteau de fourrure.

11

— Ouah ! approuve le chien qui donne de grands coups de queue.

Tous pénètrent dans la boutique. Une fillette de dix ans s'avance vers eux.

— Maman se repose, annonce-t-elle. Mais je peux vous servir moi-même. Vous voulez des glaces, je parie ! C'est ce que tout le monde demande quand il fait si chaud.

— Bravo, tu as deviné, répond François. Une pour chacun, cinq en tout, et quatre limonades.

— Cinq glaces ? Vous en donnerez une au chien ? questionne la petite vendeuse, surprise.

— Ouah, ouah ! fait Dagobert.

— Il dit oui, traduit Mick.

Quelques minutes plus tard, les Cinq savourent leurs sorbets à la vanille. Celui de Dago glisse du cornet ; il promène la boule givrée dans toute la boutique en la léchant vigoureusement. La petite fille semble stupéfaite.

— Dag, tu nous fais honte avec tes mauvaises manières ; tu n'as pas été très bien élevé... affirme solennellement François.

Sa cousine le foudroie du regard ; il lui adresse un large sourire tout en décapsulant sa canette de limonade.

— Hmmm... c'est frais ! savoure-t-il.

Il vide le conteneur métallique d'un trait et pousse un soupir de satisfaction.

— Je dis merci à l'inventeur de la glace et du soda, lance-t-il. Il a vraiment rendu service à l'humanité. Je me sens beaucoup mieux maintenant. Et vous ? On part à la recherche de la ferme ?

— Quelle ferme ? interroge la jeune vendeuse qui ramasse le cornet de Dagobert.

Ce dernier lui donne un grand coup de langue.

— Oh ! s'écrie-t-elle en le repoussant. Tu m'as mouillé la figure !

— Il t'a prise pour une glace ! explique Mick en lui tendant un mouchoir en papier pour s'essuyer. On va à la ferme des Trois-Pignons. Tu vois où c'est ?

— Oui. C'est là que mon oncle travaille. Vous descendez la rue du village, vous tournez à droite ; la ferme est au bout du petit chemin. Vous allez passer quelque temps chez les Durand ?

— Oui. Tu les connais ? demande François qui sort son portefeuille pour payer les consommations.

— Pas tous : les jumeaux, de vue seulement. Ils sont toujours ensemble et n'ont pas d'amis. Et puis M. Francville, le grand-père de Mme Durand... un géant, celui-là ! Un jour, à lui seul, il a maîtrisé un taureau furieux ! Et sa voix... On l'entend à des kilomètres ! Quand j'étais petite, je n'osais pas m'approcher de la ferme. Mais Mme Durand est très douce... Elle vous plaira. Les jumeaux sont très gentils avec elle et aussi avec leur père ; ils travaillent pendant toutes les vacances. Ils se ressemblent tellement qu'on ne peut pas les distinguer l'un de l'autre, et...

Elle s'interrompt, car sa mère entre dans la boutique.

— Mathilde, ma chérie, merci d'avoir servi nos

13

clients. Va t'amuser, maintenant, je resterai au magasin.

La fillette s'en va en courant.

— Vous désirez autre chose ? questionne la marchande de glaces.

— Non, merci, répond l'aîné des Cinq en se levant. Il faut qu'on parte. On loge à la ferme des Trois-Pignons, alors vous nous reverrez sans doute bientôt !

— Ah ! Vous séjournez là-bas ! fait la femme. Je me demande si vous vous entendrez avec les jumeaux. Et faites attention au grand-père... Malgré ses quatre-vingts ans, il est encore vigoureux !

Les jeunes vacanciers sortent sous le soleil ardent. Mick se met à rire.

— Eh bien, on part avec des renseignements précieux : Mme Durand est très douce. Les jumeaux sont impossibles à distinguer et le grand-père fait peur à tout le monde. Une famille intéressante ! Maintenant, à nous de juger !

chapitre 2

La ferme des Trois-Pignons

Les cinq enfants, escortés de Dagobert qui trotte près d'eux, descendent la rue du village, déserte et poussiéreuse, puis prennent le chemin que la petite vendeuse de glaces leur a désigné.

— Attendez une minute ! s'écrie Annie en s'arrêtant devant une boutique. Regardez ! Drôle de magasin, non ? Des antiquités ! Des vieux chandeliers de cuivre... J'aimerais en acheter pour les rapporter à maman. Et ces belles estampes !

— Oh ! non... pas maintenant, Annie ! proteste François. Arrête avec ta manie des objets anciens ! Des chandeliers de cuivre ? Maman en a déjà plein. Si tu crois que tu vas nous entraîner dans cette boutique glauque...

— Dans ce cas, j'irai toute seule un jour.

Elle regarde l'enseigne et lit à voix haute :

15

— « Martin Francville, antiquaire »... Le même nom que le village ! Je me demande si...

— Viens, Annie, lance sa cousine, impatiente.

Dagobert la tire par sa jupe. La benjamine du groupe jette un regard de regret à la vitrine et suit les autres, bien décidée à revenir plus tard.

Ils suivent le chemin en lacet, bordé de hautes herbes et de coquelicots qui s'inclinent sous la brise ; au bout d'un moment, ils aperçoivent la ferme. C'est une grande bâtisse aux murs blanchis à la chaux, surmontés par les pignons qui lui donnent son nom ; ses petites fenêtres de forme ancienne indiquent que la construction ne date pas d'hier. Des roses blanches et rouges couvrent la façade ; la porte de bois est ouverte.

Les Cinq montent les marches du perron ; sans entrer, ils scrutent l'intérieur. Ils aperçoivent un coffre de chêne et un fauteuil sculpté. Un tapis, usé jusqu'à la corde, recouvre les dalles ; une vieille horloge fait entendre un tic-tac sonore. Un chien aboie ; Dagobert, immédiatement, lui répond.

— Ouah ! ouah !

— Tais-toi, Dago ! intervient Claude.

Elle craint l'arrivée d'une meute de chiens de garde. Elle cherche un bouton de sonnette et n'en trouve pas. Mick aperçoit une belle poignée en fer forgé qui pend près de la porte. À tout hasard, il la tire ; aussitôt, un carillon résonne dans les profondeurs de la ferme et les fait sursauter. Les jeunes vacanciers attendent en silence.

16

Enfin des pas claquent sur les dalles ; deux enfants paraissent.

Ils se ressemblent comme deux gouttes d'eau.

« Je n'ai jamais vu des jumeaux aussi semblables », pense Annie, étonnée.

Son frère aîné leur adresse son sourire le plus amical.

— Salut ! Nous, c'est Annie, Mick et François Gauthier. On vient passer les vacances ici avec notre cousine Claude Dorsel !

Les jumeaux les regardent sans un sourire et hochent la tête en même temps.

— Par ici, indiquent-ils d'une seule voix.

Les nouveaux venus échangent des regards surpris.

— Je me demande pourquoi ils sont si raides et si coincés... chuchote la maîtresse de Dagobert en imitant l'air pincé des jeunes hôtes.

Sa cousine ne peut s'empêcher de glousser. Tous suivent les deux sosies, qui sont vêtus de pantalons bleus et de tee-shirts de la même couleur. Ils traversent le vestibule, passent devant un escalier et pénètrent dans une immense cuisine qui, de toute évidence, sert aussi de salle à manger.

— Maman, les Gauthier sont arrivés ! annoncent les jumeaux en même temps.

Après cette brève présentation, ils disparaissent par une autre porte. Les jeunes vacanciers découvrent une femme sympathique qui, les mains blanches de

17

farine, pétrit la pâte d'un gâteau. Elle leur adresse un sourire de bienvenue.

— Je ne vous attendais pas si tôt ! Excusez-moi de ne pas pouvoir vous embrasser, je risquerais de vous salir ; je fais des galettes pour le goûter. Je suis ravie de vous voir. Vous avez fait bon voyage ?

Sa voix est enjouée et son expression réconfortante. Les Cinq sont aussitôt conquis.

— Ne vous inquiétez pas, madame Durand, assure François. On se débrouillera tout seuls. Dites-nous simplement où est notre chambre. C'est très gentil d'avoir bien voulu nous recevoir !

— J'en suis enchantée, répond l'hôtesse. Notre ferme ne rapporte pas beaucoup d'argent, alors nous prenons des pensionnaires pour arrondir les fins de mois. J'héberge en ce moment un Américain, M. James Henning, et son fils qui se nomme aussi James mais qu'on appelle Junior.

— Vous devez être très occupée, estime Annie. Ne vous dérangez pas pour nous, on se contentera d'un tapis de sol et de duvets dans un hangar, si vous manquez de place. On pourrait même dormir dehors : on est habitués à coucher à la belle étoile, vous savez !

— Eh bien, poursuit Mme Durand, j'ai une pièce pour les filles, mais vous, les garçons, vous serez obligés de partager la chambre du jeune Américain ; ça ne vous ennuie pas trop ?

François et Mick restent muets. Ils échangent des regards embarrassés. L'aîné prend finalement la parole :

— Je suis sûr qu'on s'entendra très bien avec Junior... mais on préférerait être seuls. Pourquoi pas dans une grange ?

Le visage de la fermière est soucieux et fatigué. La benjamine du groupe a un élan de compassion. Ce ne doit pas être facile de s'occuper de tant de pensionnaires.

— Dites-nous comment on peut vous rendre service, propose-t-elle doucement. On pourrait faire les lits ou laver la vaisselle. Chez nous, en vacances, on participe à toutes les tâches !

— Non, non, assure l'hôtesse. Je veux que vous vous reposiez. Les jumeaux m'épaulent de leur mieux et ils secondent aussi leur père. Montez l'escalier : vous verrez deux chambres, une de chaque côté du palier. Celle de gauche est pour les filles ; l'Américain occupe l'autre. Vous, les garçons, allez voir la grange et vous déciderez si vous voulez qu'on y installe des tapis de sol ou des lits de camp. Mes enfants vous accompagneront.

Ces derniers reviennent aussitôt et restent debout, en silence ; même taille, mêmes traits ; ils sont absolument pareils. Claude les examine un moment.

— Comment tu t'appelles ? demande-t-elle à l'un d'eux.

— Daniel.

Elle se tourne vers l'autre.

— Et toi ?

— Daniel.

— Hein ? Vous avez le même prénom ?

— Je vais vous expliquer, intervient leur mère. Le garçon s'appelle Daniel et la fille Danièle, mais la différence ne se remarque que si les noms sont écrits. Alors, pour tout le monde, ils sont « les Daniels ».

— Mais... je croyais que c'étaient deux garçons ! s'écrie Mick. Je ne pourrais pas les distinguer l'un de l'autre.

— Ils sont très fiers de leur ressemblance, ajoute Mme Durand. C'est pour ça, d'ailleurs, que ma fille Danièle garde les cheveux courts. Moi-même, il m'arrive parfois de les confondre.

— Aah... soupire Mick. Encore une qui veut qu'on la prenne pour un garçon...

Il envoie un clin d'œil à sa cousine, qui riposte par un regard furieux.

— Accompagnez donc nos pensionnaires au premier étage, dit Mme Durand aux jumeaux. Puis montrez à François et son frère la grande grange. Si elle leur plaît, on y dressera des lits de camp.

— Mais... c'est là qu'on couche ! s'offusquent en même temps les Daniels.

— Ah oui ? fait leur mère d'un air surpris. Eh bien, vous ne devriez pas ! Je ne vous ai jamais donné la permission. Je vous ai dit de porter vos matelas dans le petit hangar près de l'étable.

— Il fait trop chaud...

— Mais non ! proteste Mme Durand en leur jetant un regard de reproche. Allez, de toute façon, il y a assez de place pour quatre dans la grange. Maintenant, aidez Claude et Annie à monter leurs sacs au premier étage.

Toujours maussades et renfrognés, les jumeaux s'avancent pour les prendre. Mick les devance.

— C'est bon, on les portera nous-mêmes, annonce-t-il, plutôt sèchement.

Il saisit un sac ; son frère l'imite et ils suivent les Daniels. Claude, plus amusée que fâchée, leur emboîte le pas avec Dagobert. Annie s'attarde pour ramasser une cuiller que Mme Durand a laissée tomber.

— Merci, ma chérie, dit la fermière. Ne fais pas attention à l'attitude des jumeaux. Ils sont très gentils. Ils n'aiment pas que des inconnus s'installent chez nous, c'est tout. Promettez-moi de ne pas vous vexer. Je veux que vous soyez tous heureux ici.

Elle paraît sincèrement anxieuse ; la benjamine des Cinq s'empresse de sourire pour la rassurer.

— C'est promis ! À condition de ne pas vous inquiéter pour nous. On peut se débrouiller seuls ; on est habitués !

La fillette se précipite dans l'escalier ; les autres sont déjà réunis dans une des deux chambres du premier étage ; c'est une grande pièce très claire avec une petite fenêtre, une immense cheminée et un beau parquet.

— Regardez, dit Mick. C'est du vrai chêne. Cette ferme doit être très ancienne. Et ces poutres qui vont d'un mur à l'autre ! Vous habitez une belle maison, les jumeaux !

Ceux-ci se dégèlent un peu et hochent la tête.

21

— On pourrait vous prendre pour des robots, confie Claude. Vous prononcez les mêmes mots en même temps, vous faites les mêmes gestes... Et vous savez sourire ?

Les jumeaux l'observent avec une antipathie évidente. Annie donne un coup de coude à sa cousine.

— Tais-toi, ne les taquine pas, recommande-t-elle. Ils vont montrer la grange aux garçons. Nous, on en profitera pour défaire nos valises.

— Rejoignez-nous dès que vous êtes prêtes ! suggère Mick avant de quitter la pièce.

Le jeune Américain a laissé sa porte ouverte. Un désordre effroyable règne dans la chambre ; tout est sens dessus dessous. François ne peut retenir une exclamation.

— Ce fouillis !

Quand il a descendu quelques marches après son frère, il se retourne pour voir si les Daniels les suivent. Restés sur le palier, les jumeaux brandissent le poing en direction de la chambre de l'Américain.

« On dirait qu'ils détestent Junior, songe Mick. Espérons qu'ils nous apprécieront plus... »

chapitre 3

La grange

Les jumeaux sortent de la ferme, contournent l'étable et arrivent devant une grande bâtisse dont ils ouvrent la porte.

— Waouh ! s'écrie l'aîné des Cinq. Vous avez vu ces poutres ? Je n'ai jamais vu une aussi belle grange. Elle a sans doute été construite il y a des siècles ! Elle sert à quoi ?

— On stocke le foin et la paille après la moisson, répondent les Daniels simultanément.

Les nouveaux pensionnaires aperçoivent deux lits de camp dans un coin.

— Si vous préférez rester ici tout seuls, on couchera dans le petit hangar dont votre mère a parlé, déclare François.

Les jumeaux n'ont pas le temps de réagir. Un jappement perçant s'élève à cet instant, et un petit

23

caniche noir se dresse sur une meule d'herbe séchée où, apparemment, il a fait un somme.

— Oh ! il est minuscule ! s'exclame François. Il est à vous ? Comment il s'appelle ?

— Friquet, répliquent ses interlocuteurs d'une même voix. Viens ici, Friquet !

L'animal saute à terre et court vers eux. Il gambade, fait le beau et distribue à tous des coups de langue. Mick se penche pour le prendre, mais les Daniels le lui arrachent des mains.

— Il est à nous ! affirment-ils si violemment que le garçon recule d'un pas.

— Bon, bon, gardez-le. Mais attention aux grands crocs de Dagobert !

Effrayés, les jumeaux échangent un regard anxieux.

— Il vous taquine, intervient François. N'ayez pas peur. Dago est très doux et n'attaque jamais les petits chiens.

— Pourquoi vous refusez de sourire ? reprend son frère, exaspéré. Ça vous fait mal aux lèvres ? Si vous ne voulez pas de nous dans votre grange, on couchera ailleurs. On s'en fiche !

Les enfants de la fermière se regardent de nouveau comme s'ils se comprenaient sans avoir besoin de parler, puis ils se tournent gravement vers les garçons ; ils paraissent un peu moins hostiles.

— Il y a de la place pour quatre ici, déclarent-ils. On va chercher deux autres lits de camp.

Ils s'éloignent, Friquet sur leurs talons. François se gratte la tête.

— Ces deux-là sont vraiment bizarres, confie-t-il. J'ai l'impression qu'ils ne sont pas humains. À les voir faire les mêmes gestes, on les prendrait pour des pantins !

— En tout cas, ils sont carrément désagréables, renchérit Mick. Mais ils ne nous gêneront pas beaucoup. Demain, on explorera la ferme et ses alentours. La région a l'air très jolie. Si le fermier a une voiture, il nous emmènera peut-être faire une petite promenade...

Les jumeaux reviennent avec deux lits pliants qu'ils installent aussi loin que possible des premiers. D'un geste, ils repoussent l'aide que veulent leur apporter les deux frères ; en quelques minutes, tout est prêt. Une chose est sûre : ils sont adroits et énergiques.

— Maman a servi le goûter, annoncent-ils en se redressant quand ils ont disposé les sacs de couchage. On va vous montrer la fontaine où vous pourrez vous laver.

— Merci, répondent les deux autres en même temps.

— On dirait que leur manie est contagieuse, remarque François en riant. Si on ne fait pas attention, on se transformera aussi en robots.

— Ce caniche est vraiment drôle. Regarde-le !

Une pie noire à tête grise vient de faire son apparition et sautille sur le sol. Friquet bondit autour d'elle, dans le vain espoir de l'attraper ; l'oiseau se cache

25

derrière une meule ou dans un coin, puis revient narguer le chien avec tant de malice que les deux frères éclatent de rire. Les jumeaux eux-mêmes ne peuvent s'empêcher de sourire.

— Crâ... crâ... crâ ! fait la pie.

Après s'être élevée dans les airs, elle redescend pour se percher sur le dos du caniche ; fou de rage, Friquet tourne dans la grange avec la vitesse d'un bolide.

— Roule-toi par terre, Friquet ! crient les Daniels.

L'animal leur obéit, mais la pie, en poussant un cri de triomphe, s'envole de nouveau et se pose sur la tête d'un des jumeaux.

— Elle est apprivoisée ? questionne Mick.

— Oui, elle s'appelle Zoé, répondent les enfants de la fermière. Elle est à nous. Elle est tombée d'une cheminée et s'est cassé l'aile. On l'a soignée jusqu'à sa guérison et maintenant elle ne veut plus nous quitter.

— Waouh ! lâche François, éberlué. Alors, vous savez parler, après tout !

Zoé pince avec son bec l'oreille du jumeau le plus proche d'elle.

— Assez, Zoé ! réagit celui-ci.

L'oiseau reprend son envol avec un « crâ ! crâ ! » qui ressemble à un rire et disparaît parmi les poutres.

Claude et Annie arrivent en courant. Mme Durand les a envoyées chercher les garçons qui ne sont pas encore venus goûter. Dagobert, bien entendu, les accompagne ; il flaire chaque coin ; cette ferme lui plaît beaucoup.

— Vous voilà ! halète la benjamine des Cinq. On vous attend pour...

Un jappement sonore l'interrompt. Dagobert a aperçu Friquet qui cherche toujours, derrière les sacs, la pie effrontée. Aboyant de toutes ses forces, le fidèle compagnon de Claude se précipite vers le caniche qui glapit et saute dans les bras d'un jumeau.

— Fais sortir ce chien ! hurlent les Daniels, furieux de cette intrusion.

— Il n'y a aucun danger... Il ne le mordra pas, assure sa maîtresse en le saisissant par le collier. Il n'est pas méchant.

— Emmène-le tout de suite ! répètent les jumeaux.

Cachée derrière une poutre, la pie continue à distiller ses « crâ ! crâ ! » retentissants.

— Bon, bon, accepte Claude. Viens, Dagobert. S'il le voulait, il n'en ferait qu'une bouchée de votre toutou !

Les Cinq retournent à la ferme en silence. Friquet a repris sa place sur le lit de l'un des jumeaux. Les quatre vacanciers sont un peu découragés par l'hostilité persistante des Daniels, mais un alléchant spectacle les accueille dans la salle à manger. Le goûter est disposé sur une grande table en bois.

— Des galettes toutes chaudes ! se réjouit Claude. Elles sentent tellement bon ! Je suis sûre qu'elles sont délicieuses.

Une grande tarte aux abricots forme le centre du tableau. Des tartines de pain grillé, un pot de confiture de fraises, une corbeille de prunes dorées offrent de sympathiques perspectives. Un pichet en terre cuite renferme du lait épais et crémeux.

— Vous nous gâtez, madame Durand, estime François. Ce goûter a l'air succulent ! Ça a dû vous demander beaucoup de travail !

Une voix forte et autoritaire les fait alors tous sursauter. Les jeunes pensionnaires n'ont pas remarqué, assis dans un grand fauteuil près de la fenêtre, un robuste vieillard qui, avec ses cheveux et sa longue barbe blanche, a l'air d'un patriarche. Sous d'épais sourcils brille un regard étonnamment jeune et vif.

— Du travail ! Qu'est-ce que tu veux dire, gamin ? Beaucoup de travail ? Aujourd'hui, les gens ne savent plus ce que c'est que le travail. Ils gémissent, ils se plaignent, ils sont exigeants, ils trouvent toujours qu'ils en font trop. De mon temps...

— Allons, papy, intervient la fermière d'un ton apaisant, repose-toi. Depuis ce matin, tu ne t'es pas arrêté. Tu dois être très fatigué.

— Beaucoup de travail ! répète le vieillard sans l'entendre. Je pourrais vous en dire long sur le travail. Dans ma jeunesse, je... D'où sort cet animal ?

C'est Dagobert ! Surpris par la voix bruyante du vieil homme, il grogne sourdement et ses poils se hérissent. D'un coup, il se calme, s'approche lentement de l'irascible grand-père et pose la tête sur ses genoux ! Tous l'observent avec étonnement. Claude n'en croit pas ses yeux. D'habitude, c'est de la méfiance qu'inspirent les inconnus à son fidèle compagnon !

28

Le vieillard reprend le fil de son discours.

— De nos jours, les gens ne savent plus rien. Ils ne savent pas reconnaître un bon mouton, une bonne vache, un bon coq. Ils...

Dago bouge un peu la tête ; l'homme s'interrompt pour le regarder.

— Ça, c'est un bon chien, déclare-t-il en lui caressant les oreilles. Un *vrai* chien. Il me rappelle mon brave Sultan.

Claude n'en revient pas.

— C'est la première fois que Dag fait des avances à quelqu'un, murmure-t-elle.

— Tu sais, les animaux reconnaissent d'instinct les gens qui les aiment, explique tout bas Mme Durand. Ne soyez pas effrayés par mon grand-père. Il râle tout le temps, mais c'est un homme très juste. Regardez, Dagobert s'est couché à ses pieds !

Les enfants font honneur aux tartines et aux gâteaux, tout en posant à l'hôtesse des questions sur la ferme.

— Oui, bien sûr, vous pourrez monter sur le tracteur. On a aussi une vieille Ford. Vous explorerez les alentours si vous voulez. Attendez que mon mari rentre... Vous verrez ça avec lui ou avec Roger, notre ouvrier agricole.

Personne ne remarque la petite ombre noire qui s'introduit dans la cuisine et se glisse près de la fenêtre. Friquet, le caniche ! Il a quitté la grange pour rejoindre la famille. Lorsque la fermière se tourne vers le vieillard pour lui demander s'il veut un autre

29

morceau de tarte, elle découvre une scène étrange et plutôt comique. Elle donne un coup de coude aux jumeaux qui pivotent sur leur chaise.

Ils aperçoivent Dagobert couché paisiblement devant le vieil homme, le caniche blotti entre ses grosses pattes. C'est à ne pas y croire !

— Papy est au comble du bonheur, commente Mme Durand. Deux chiens à ses pieds ! Ah ! voilà mon mari ! Dépêche-toi, André, tu es en retard, on a presque fini de goûter.

chapitre 4

Junior

Un homme entre dans la cuisine. Il est grand, mais ses épaules se voûtent ; la fatigue crispe ses traits. Il se contente de hocher la tête sans sourire.

— André, voici nos nouveaux hôtes, commence Mme Durand. François, Mick...

— Encore des pensionnaires ! gémit le fermier. Où est le petit Américain ? J'ai des reproches à lui faire. Ce matin il a essayé de mettre le tracteur en marche...

— Voyons, André, oublie tes ennuis un moment. Viens manger une part de tarte, l'interrompt son épouse.

— Je n'ai pas faim, rétorque l'autre. D'ailleurs je n'ai pas le temps de m'asseoir. Il faut que j'aille traire les vaches. Maurice est absent aujourd'hui et Roger s'occupe des canards.

31

— On t'aidera, papa ! s'écrient les jumeaux d'un même souffle.

— Non, restez assis, ordonne leur mère. Finissez tranquillement vos galettes.

— Laissez-les travailler ! bougonne de son coin le vieux grand-père d'une voix si sonore que Dagobert et Friquet, effrayés, se lèvent précipitamment. Les enfants, de nos jours, sont servis au doigt et à l'œil ; c'est faire d'eux des paresseux et des égoïstes.

— Allons, allons, papy, dit la fermière. Ne te tracasse pas. On s'arrange très bien entre nous !

Le vieillard pousse une exclamation et assène un coup de poing sur l'accoudoir de son fauteuil.

— Je veux dire que...

Mais il ne va pas plus loin ; un bruit de pas résonne dans l'entrée, en même temps que des voix sonores :

— Je veux t'accompagner, papa ! On s'ennuie à mourir dans ce village. Emmène-moi à Paris, papa, s'il te plaît !

— Ce sont les Américains ? demande Mick en reconnaissant l'accent.

Les Daniels se sont rembrunis, cachant mal leur colère ; ils hochent la tête. Un homme de forte carrure, vêtu d'un costume trop élégant pour la campagne, entre avec un garçon d'environ onze ans, au visage pâle. Le père s'arrête sur le seuil de la porte et jette un regard autour de lui en se frottant les mains.

— Bonjour, tout le monde ! Nous avons fait de bonnes affaires aujourd'hui. Nous avons acheté des antiquités. Des objets de valeur. Je les ai eus à très

32

bon compte. Nous sommes en retard pour le goûter ? Qui sont tous ces gens ?

Il adresse un sourire à la ronde. François se lève poliment.

— On est arrivés aujourd'hui, déclare-t-il. On vient passer quelques jours ici.

— Ici ? Et... où vous comptez coucher ? questionne Junior en approchant une chaise de la table. De toute façon, c'est nul, ici. On crève d'ennui !

— Tais-toi ! protestent ensemble les jumeaux.

Ils jettent au jeune garçon un regard si haineux qu'Annie est effrayée.

— Je peux dire ce que je veux ! s'indigne le jeune Américain. On cst dans un pays libre ! Si vous voyiez nos appartements aux États-Unis, vous seriez impressionnés... Ils sont immenses. Madame Durand, donnez-moi un morceau de cette tarte... Elle n'a pas l'air mauvaise.

— Tu n'as jamais appris à dire « s'il vous plaît » ? rugit une voix.

Celle du grand-père, bien sûr. Mais le jeune insolent fait semblant de ne pas entendre ; il se contente de tendre son assiette sur laquelle la fermière place une grosse part de gâteau.

— Nous avons passé une bonne journée, hein, Junior ? déclare l'Américain en prenant place à table.

— Oui ! répond son fils. Je veux boire quelque chose de frais. Ce lait a l'air tiède.

— Daniel et Danièle, allez chercher de l'orangeade glacée, intervient l'hôtesse.

33

— Qu'il se serve lui-même !

C'est le vieillard qui proteste de nouveau. Mais les jumeaux courent déjà chercher l'orangeade. Quand ils passent près d'elle, Claude lit sur leur visage l'antipathie violente que leur inspire l'impertinent Américain.

— Votre grand-père n'a pas l'air commode ! chuchote M. Henning à l'oreille de Mme Durand.

— Parlez plus haut ! crie le vieil homme. Je veux entendre tout ce que vous dites.

— Allez, papy, ne te tourmente pas. Fais une petite sieste.

— Non ! et non ! Je vais dans les champs ! J'ai besoin d'air. Il y a des gens qui me rendent malade.

Il se lève très lentement et sort, appuyé sur sa canne. La tête haute sous sa couronne de cheveux blancs, il a fière allure.

Dago et Friquet escortent le vieux fermier jusqu'à la porte. Junior aperçoit aussitôt Dagobert.

— Hey ! Qu'est-ce que c'est que ce gros chien ? s'écrie-t-il. Il est à qui ? C'est la première fois que je le vois. Viens prendre un morceau de galette.

Le fidèle compagnon de Claude fait la sourde oreille.

— Il est à moi, annonce celle-ci d'une voix glaciale. Je ne permets à personne de lui donner à manger.

— Attrape ! crie le jeune Américain en jetant la moitié d'une galette par terre devant l'animal. C'est pour toi, vieux chien !

Dago regarde le gâteau sans bouger ; puis il lève la tête vers Claude.

— Viens ici, ordonne-t-elle.

Il obéit. La galette à demi émiettée reste sur les dalles.

— Ramasse-la, exige la jeune fille. Il ne faut pas salir la cuisine de Mme Durand.

— Ramasse-la toi-même ! réplique Junior en prenant un autre biscuit. Pourquoi tu me regardes comme ça ?

Il envoie un coup de coude à l'adolescente qui pousse une exclamation. Dagobert s'élance pour la défendre ; il montre les crocs et grogne si fort que Junior, effrayé, se lève.

— Papa, ce chien est dangereux, pleurniche-t-il. Il veut me mordre !

— Non, réplique Claude, mais ça pourrait bien arriver si tu ne m'obéis pas. Ramasse cette galette, tu entends ?

— Allons, allons, intervient la fermière, inquiète. Laissez ça. Tout à l'heure, je donnerai un coup de balai. Voulez-vous un autre morceau de tarte, monsieur Henning ?

L'atmosphère est électrique. Junior se calme en voyant Dagobert s'allonger entre sa chaise et celle de Claude ; son père continue à parler de ses emplettes et du flair qu'il a pour découvrir les antiquités. Tous s'ennuient. Les jumeaux rapportent la carafe d'orangeade ; ils posent un verre devant M. Henning et un autre devant son fils. Puis ils disparaissent.

— Ils s'en vont ? demande Junior après avoir avalé d'un trait sa boisson au risque de s'étrangler. Hmm... c'est bon de boire frais par cette chaleur !

— Ils vont aider à traire les vaches, explique Mme Durand, en se levant pour débarrasser la table du goûter..

François a pitié d'elle. La pauvre femme n'a sûrement pas eu une minute de repos. Quelle corvée de préparer des repas pour tant de monde !

— Je vais les rejoindre, déclare le jeune Américain en glissant de sa chaise.

— J'aimerais mieux que tu restes ici, proteste la fermière. La dernière fois, tu as fait peur au bétail.

— Parce que je n'avais pas l'habitude, réplique Junior.

L'aîné des Cinq lance un coup d'œil à M. Henning : le père va sans doute ordonner à son fils de se tenir tranquille. Mais pas du tout. Il s'enfonce dans le fond de son siège et met les pieds sur la table.

Claude fronce les sourcils en voyant le jeune Américain se diriger vers la porte. Comment ose-t-il désobéir à la maîtresse de maison ? Elle murmure quelques mots à Dagobert qui bondit et barre le chemin au petit insolent.

— Va-t'en, sale bête ! crie ce dernier.

Le chien fait entendre un grognement menaçant.

— Rappelez-le ! exige le garçon en se retournant vers les Cinq.

Personne ne réagit. Mme Durand commence à

rassembler les assiettes. Des larmes brillent dans ses yeux.

Dago reste immobile comme une statue en grondant de temps en temps. Junior décide d'abandonner son projet. Il enverrait volontiers un coup de pied à l'animal, mais il craint les représailles. Il va se réfugier auprès de son père.

— On va se promener, papa ? propose-t-il. Je ne veux pas rester ici.

Sans un mot, les deux Américains sortent par la porte du jardin. Après leur départ, tous poussent un soupir de soulagement.

— Reposez-vous un peu, madame Durand, suggère Annie. On nettoiera la vaisselle.

— C'est vraiment très gentil, dit la fermière. Je ne me suis pas arrêtée depuis ce matin ; vingt minutes de repos me feront du bien. Je suis si fatiguée que j'ai les nerfs à fleur de peau. J'ai du mal à supporter Junior. J'espère pourtant que Dagobert ne le mordra pas.

— Oh ! Il lui donnera probablement un petit coup de dent d'avertissement ! répond gaiement Claude en empilant les assiettes, tandis que ses cousins se chargent des verres.

— Viens, Annie, dit François. On va aider les Daniels à traire les vaches !

— Et nous, ajoute Mick, on va passer le balai !

L'aîné du groupe s'en va en sifflant, suivi de près par sa sœur. La fermière aussi a disparu. Claude, Mick

37

et Dagobert restent seuls dans la cuisine, car Friquet a rejoint les Daniels.

— On n'aurait pas dû venir, confie la maîtresse de Dago qui porte un plateau dans la cuisine. Mme Durand a beaucoup trop de travail.

— Eh bien, justement ! On peut l'aider ! Et puis, on passera presque tout le temps dehors, comme ça, on ne verra pas beaucoup Junior !

— Tu te trompes... il sera tout le temps sur notre chemin. Heureusement, Dagobert est là !

chapitre 5

La soirée à la ferme

Leur travail fini, Claude et Mick vont retrouver les autres dans l'étable. Ils admirent les belles vaches tachetées de roux qui chassent les mouches avec leur queue. Des grands seaux pleins de lait leur apprennent que la traite est terminée ; les jumeaux s'apprêtent à reconduire les bêtes dans un pré.

— Ça a bien marché ? questionne la maîtresse de Dago.

— Très bien ! acquiesce sa cousine. On a ri comme des fous ! Mais j'ai eu plus de succès que François ; je chantais tout le temps ; les vaches aiment la musique.

— Pff... n'importe quoi ! fait Claude avec un sourire. Vous avez parlé au fermier ?

— Oui, affirme François. Demain, il nous fera faire un tour dans sa vieille Ford. On pourra aussi monter sur le tracteur si Roger, l'ouvrier agricole, nous

39

le permet. D'après M. Durand, Roger ne supporte pas Junior. J'espère qu'il nous tolérera mieux...

— On verra, conclut Mick. Tout ce que je sais, c'est que ce fils à papa a besoin d'une leçon !

— Tout à fait d'accord, déclare son frère. Mais attendons un peu. Il ne faut pas créer des ennuis à Mme Durand... Si les deux Américains partent, ce sera une grosse perte d'argent.

— Tu as raison, approuve sa cousine. Mais Dagobert ne pense pas comme toi... il meurt d'envie de se jeter sur Junior !

— Il est quelle heure ? interroge Annie. On a le temps de se balader ?

— Oui, mais pas loin, répond François. Le périple d'hier m'a collé des courbatures. J'ai les jambes en coton ! Ne comptez pas sur moi pour une longue marche.

Les autres sont du même avis ; ils se contenteront de faire le tour des constructions de la ferme. Ces bâtiments sont très vieux et quelques-uns menacent même de s'écrouler. Les toits sont recouverts d'ardoises qu'envahissent le lichen et la mousse.

— C'est beau ! commente Claude en s'arrêtant pour contempler la toiture d'un bâtiment. Regardez cette mousse, elle est verte et brillante ! Mais c'est dommage... On a remplacé la moitié des vieilles ardoises par des tuiles horribles !

— Les Durand les ont peut-être vendues, avance l'aîné des Cinq. Les vieilles ardoises valent très cher.

Certains Américains les recherchent pour couvrir leurs maisons de campagne.

— Si j'avais une ferme, je ne vendrais pas la moindre ardoise, même pas un brin de mousse ! s'écrie Claude indignée.

— Toi peut-être, tempère Mick. Mais d'autres préfèrent se séparer de quelques bouts de toiture plutôt que de voir leurs murs s'écrouler faute d'argent pour les réparer.

— Je suis sûre que le vieux grand-père refuserait d'en vendre une seule si on lui demandait son avis, remarque Annie. Je me demande si l'Américain a essayé d'en acheter...

Après avoir marché un moment, ils découvrent un vieux hangar rempli d'objets variés mis au rebut. Furetant de tous les côtés, François fait des trouvailles intéressantes.

— Regardez cette énorme roue, dit-il en tendant la main vers un coin sombre. Elle est presque aussi grande que moi. Il y a des années, les fermiers devaient fabriquer eux-mêmes leurs charrettes... Peut-être dans cette grange. Et aussi leurs outils. Vous voyez celui-là ? On dirait une faucille. Elle a une drôle de forme !

Ils examinent l'instrument qui, vieux de deux ou trois siècles, paraît encore presque neuf. Mick le soupèse et le trouve très lourd.

— Ouf ! souffle-t-il. Au bout de dix minutes, j'aurais mal au bras ! Mais je parie que le grand-père,

41

dans sa jeunesse, aurait pu couper des épis de blé toute une journée avec cette faux sans être fatigué !

— Rappelle-toi ce que la petite Mathilde de la pâtisserie nous a dit, ajoute Annie. Il a maîtrisé un taureau furieux ! On lui demandera de nous en parler. Il sera sûrement content de raconter ses prouesses.

— Ce papy me plaît beaucoup, malgré ses cris et ses colères, annonce Claude. Venez, il est tard. On ne sait pas à quelle heure on dîne. Je crois qu'il faut rentrer.

— Moi, je me suis renseignée, intervient sa cousine. On dîne à sept heures et demie.

— Alors, allons-y ! décide François. On aidera Mme Durand à mettre la table. Viens, Dago. Arrête de renifler dans tous les coins. Il n'y a pas de lapins ici.

Ils reprennent le chemin de la ferme. Dans la cuisine, la maîtresse de maison prépare déjà le repas. Les Cinq se dépêchent de monter à la salle de bains pour se rafraîchir et se donner un coup de peigne.

— Nous voilà ! lance Annie quand ils sont redescendus. Laissez-nous ces pommes de terre, madame Durand. On va les peler. On a fait le tour de votre propriété et on a exploré les vieux hangars.

— Ils ont besoin d'être débarrassés, explique la femme, reposée par sa sieste. Mais papy ne veut pas qu'on y touche. Il a promis à son propre grand-père de garder tous les vieux outils dont on ne se sert plus. Mon mari et moi avons seulement vendu quelques belles ardoises grises à un Américain, un ami de

42

M. Henning. Papy était fou de rage. Il a tempêté pendant toute une journée et toute une nuit ! Il brandissait une fourche et hurlait des menaces. Nous avons eu beaucoup de mal à le calmer.

— Oh ! là ! là... souffle Annie qui se représente la scène comme si elle y avait assisté.

En l'absence de M. Henning et Junior, le dîner est très gai.

La conversation, ponctuée d'éclats de rire, est animée. Mais les jumeaux gardent le silence. Claude les considère avec perplexité. Ne se dérideront-ils jamais ? Elle leur sourit une ou deux fois mais ils détournent les yeux. Friquet est à leurs pieds. Dagobert dort sous la table. M. Durand n'a pas terminé son travail.

— Il profite des dernières lueurs du jour, explique son épouse. Il y a tant à faire dans une ferme.

La maîtresse de maison a préparé un excellent pot-au-feu ; les enfants y font honneur ainsi qu'à la compote de prunes accompagnée de crème fraîche. Soudain, Annie bâille.

— Dur de garder les yeux ouverts... commente-t-elle en se frottant les paupières.

— Tu m'as donné envie de bâiller aussi, dit Mick en portant la main à sa bouche. Pas étonnant qu'on ait tous sommeil : on s'est levés à l'aube ce matin !

— Allez vous coucher tout de suite, conseille la fermière. À quelle heure voulez-vous que je vous réveille ?

— Comme les Daniels ! suggère François.

43

— Je vous préviens, mes enfants sont toujours debout à six heures ; ils ne savent pas rester au lit.

— Et Junior ? demande Mick en riant. À six heures aussi ?

— Oh ! non, pas avant dix heures ! réplique Mme Durand. Et il aime déjeuner au lit. Vous devriez le prendre par les épaules et l'obliger à descendre !

La jeune femme rit de bon cœur.

— C'est moi qui servirai Junior demain matin ! déclare Claude, à l'étonnement général. Dagobert et moi. Ce sera un plaisir pour nous. Hein, Dag ?

Le chien fait entendre un grognement étrange.

— Il glousse, explique François. Ça ne me surprend pas. J'aimerais voir la tête de Junior quand vous entrerez dans sa chambre avec son déjeuner, Dagobert et toi.

— Tu ne me crois pas ? lance sa cousine. Qu'est-ce que tu paries ?

— Tu n'aurais sûrement pas ce culot, intervient Mick. Allez, je te parie mon canif tout neuf.

— J'accepte ! rétorque Claude d'un ton de défi.

— Non, non, proteste Mme Durand. Je ne veux pas que mes hôtes se servent les uns les autres. Et puis l'escalier est très difficile à monter, surtout quand on est chargé.

— Je monterai le plateau de Junior, et même celui de M. Henning si vous voulez, persiste la jeune fille.

— Laisse M. Henning tranquille, coupe François en jetant à sa cousine un regard d'avertissement. N'exagère pas. Contente-toi de Junior.

44

— Bon, bon, grommelle l'adolescente, boudeuse. Les Américains ne viennent pas dîner ?

— Pas ce soir, répond la fermière d'une voix enjouée. Ils dînent dans un restaurant en ville. Je crois qu'ils sont un peu fatigués de nos plats simples. J'espère quand même qu'ils ne rentreront pas trop tard. Papy aime fermer la maison de bonne heure.

Les enfants se dépêchent de débarrasser la table et de ranger la vaisselle ; ils sont tous morts de fatigue. Épuisés par leur long trajet et les petits travaux de la ferme, ils dorment debout.

— Bonne nuit, madame Durand, lancent-ils quand tout est fini. On va se coucher.

Tous se dispersent. Les jumeaux, François et Mick vont dans la grange ; les filles montent dans leur chambre. Claude entrouvre la porte de celle de Junior. Elle est effarée par ce qu'elle découvre. Un fouillis incroyable : des vêtements, des chaussures, des serviettes de toilette jonchent le lit et des emballages de bonbons gisent sur le sol.

Bientôt, tous les enfants sont couchés. Le matelas des filles est un peu dur mais elles s'en aperçoivent à peine ; les garçons se trouvent très bien dans leurs lits de camp. Dagobert sommeille sur les pieds de sa maîtresse ; Friquet est blotti entre Daniel et Danièle.

Deux heures plus tard, un grand vacarme retentit ; les deux cousines se réveillent en sursaut, un peu effrayées. Dago se met à aboyer. Claude, sur la pointe des pieds, sort sur le palier ; elle entend de bruyants éclats de voix et revient auprès d'Annie.

— C'est M. Henning et Junior qui rentrent, explique-t-elle. Le grand-père avait fermé la porte à clef. Ils ont tambouriné comme des fous... Quel boucan ! Voilà Junior qui monte.

En effet, le jeune Américain gravit l'escalier en chantant à tue-tête.

— Crétin ! souffle l'adolescente, exaspérée. Tu seras moins fier quand je te monterai ton déjeuner demain matin ! Ha !

chapitre 6

Un déjeuner mouvementé

C'est merveilleux, de coucher dans une grange !
C'est ce que pense Mick en humant l'odeur du foin.
La porte ouverte laisse entrer une petite brise fraîche ; des étoiles brillent dans le ciel. Il se sent bien et
s'efforce de repousser le sommeil qui pourtant finit
par le vaincre.

François s'endort dès que sa tête a touché l'oreiller ; il n'entend pas le vacarme qui annonce l'arrivée
tardive des Henning. Vers une heure du matin pourtant, il s'éveille en sursaut et s'assied sur son lit, le
cœur battant. Qu'est-ce que ce bruit qu'il a entendu ?
Le son retentit de nouveau et l'aîné des Cinq se met
à rire.

« Quel idiot ! Ce n'est qu'un hibou ! Ou peut-être
même plusieurs. Et ces petits cris ? Une souris ou un
mulot ? C'est l'heure où les bêtes nocturnes vont à la
chasse... »

Il reste tout de même l'oreille tendue. Soudain une bouffée d'air frais lui effleure le visage. Un oiseau a dû passer au-dessus de lui. François sait que les hiboux agitent leurs ailes en silence. Cela leur permet d'approcher leurs proies sans être entendus. Un nouveau petit cri.

« Le bruit d'une souris attrapée par son prédateur... pense François. Les oiseaux de nuit ne manquent pas de gibier ici ; cette grange doit être pleine de rongeurs. Le fermier a bien besoin qu'on le débarrasse de ces bestioles ! Allez, hibou, fais ton travail... Mais, attention, ne prends pas mon nez pour une souris ! Ah ! Te voilà encore au-dessus de ma tête. Je t'ai vu... ou plutôt j'ai vu ton ombre. »

Le garçon ne tarde pas à se rendormir.

Le lendemain matin, les rayons du soleil inondent la grange. L'aîné des Cinq regarde sa montre.

— Sept heures et demie. Mick, réveille-toi !

Ce dernier dort à poings fermés.

Son frère le secoue, en vain. Il se contente de se tourner de l'autre côté. Les lits des jumeaux sont déjà vides. Après avoir rangé leurs duvets, ils se sont esquivés silencieusement.

— Sans nous réveiller, pense François en enfilant ses chaussettes. Mick, réveille-toi ! crie-t-il. Si je te laissais là, tu dormirais jusqu'à dix heures !

L'autre entend les derniers mots et se redresse.

— Dix heures ? Déjà ? Ça alors ! J'ai fait le tour du cadran.

— Du calme, reprend son frère qui lace ses baskets. J'ai dit que, si je te laissais là, tu dormirais jusqu'à dix heures. En fait, il n'est que sept heures et demie.

— Ouf ! Tant mieux ! soupire Mick en se rallongeant. Je peux m'offrir encore dix minutes de sommeil.

— Les jumeaux sont déjà partis, déclare François. Je me demande si les filles sont levées. Oh ! Qu'est-ce que c'est ?

Quelque chose le tapote dans le dos. L'aîné des Cinq se retourne ; c'est sans doute Junior ou un des Daniels qui se livre à une plaisanterie stupide.

— Tiens ! C'est toi, Zoé ! dit-il en voyant l'oiseau sur son oreiller.

— Crâ ! crâ ! répond la pie.

Elle se perche sur son épaule. François en est d'abord flatté, mais elle lui pince l'oreille !

— Prends-la ! lance-t-il à Mick, d'un air irrité.

Zoé saute sur la montre que ce dernier a posée sur un sac, la saisit dans son bec et s'envole. Le garçon pousse un cri de colère.

— Rapporte-moi ça, sale voleuse ! Tu vas la casser !

— Elle a disparu au milieu des poutres, constate son frère. Il faudra avertir les jumeaux. Ils savent peut-être où est sa cachette. Dommage qu'elle n'ait pas chipé les affaires de Junior ! J'aurais bien ri !

— Crâ ! crâ ! réplique l'oiseau comme s'il comprenait.

Mais, pour répondre, il a été obligé d'ouvrir le

49

bec ; la montre tombe et rebondit sur un ballot de foin. Zoé se précipite pour l'attraper. Mick la devance ; il récupère son bien et le brandit d'un geste victorieux. La pie remonte au plafond en poussant des cris de colère.

Les deux frères quittent la grange pour se rendre à la ferme. Tout le monde est levé. Le petit-déjeuner est disposé sur la table..

— Tiens, les filles ne sont pas encore descendues, remarque l'aîné des Cinq en montrant les bols aux places qu'Annie et Claude ont occupées la veille. Les jumeaux, eux, sont déjà au travail. Il ne reste plus que nos quatre couverts. Voilà Mme Durand. On n'arrive pas trop tard ?

— Pas du tout, assure la fermière en souriant. Je ne m'attendais pas à ce que vous vous leviez à l'aube. Les vacances sont faites pour dormir et se reposer.

Elle pose un plateau sur la table.

— C'est pour M. Henning. Il passe la tête dans le couloir et m'appelle quand il est réveillé. Le plateau de Junior est là-bas.

Elle sort. Le petit-déjeuner des deux Américains est copieux, comme on les aime aux États-Unis : du jambon, des œufs brouillés, des tranches de pain gril-lé et des fruits. Les deux garçons étalent du beurre et de la confiture sur leurs propres tartines et se servent de chocolat chaud. Enfin les deux filles, les cheveux en bataille, descendent avec Dagobert.

— Dépêchez-vous, paresseuses ! taquine Mick.

— Où est Junior ? Il n'est pas encore levé, j'espère ?

demande Claude avec inquiétude. Je n'ai pas oublié mon pari ; je veux lui monter son déjeuner !

— Je ne sais pas si c'est prudent... remarque François. J'espère que tu ne lui jetteras pas le plateau à la tête !

— Je ne promets rien, réplique sa cousine avec un sourire en coin. Je suis prête à tout pour gagner le canif neuf de Mick !

— Ne t'acharne pas trop sur Junior, reprend l'aîné des Cinq d'un ton sérieux. Il ne faut pas que les Henning s'en aillent ; leur départ ferait un gros trou dans le budget de Mme Durand...

— C'est bon, l'interrompt la jeune fille. Laisse-moi tranquille. Passe le beurre, Mick.

— Tu devrais goûter cette gelée de groseille, recommande ce dernier en se servant. Elle est délicieuse. Je pourrais en manger toute la journée.

Les filles viennent de vider leurs bols quand une voix grave se fait entendre. Elles sursautent. Mme Durand accourt aussitôt.

— C'est M. Henning ! explique-t-elle.

— Je monterai le plateau, propose Annie. Claude servira Junior.

— Oh ! non, je ne veux pas, s'oppose la fermière, inquiète.

De nouveau, une voix parvient du premier étage, plus insistante encore.

— En fait, c'est Junior, annonce l'hôtesse. Apparemment, il croit que je suis sourde.

51

— Il est surtout très malpoli ! ajoute Mick, indigné.

Mme Durand ne proteste pas. Annie attend que le plateau du père soit prêt et le saisit.

— Je vais le porter, affirme-t-elle d'une voix décidée.

La maîtresse de maison lui adresse un sourire reconnaissant.

— Bon, cède-t-elle. Sa chambre se situe juste en haut de l'escalier, à gauche. Il aime que je tire ses rideaux quand je lui apporte son déjeuner.

— Il faut ouvrir aussi ceux de Junior ? questionne la maîtresse de Dagobert.

Elle parle d'une voix tellement mielleuse que les garçons lui jettent un regard soupçonneux. Que manigance-t-elle ?

— Moi, je le fais, répond la fermière. Mais toi, tu n'es pas obligée. Merci beaucoup, ma petite Claude.

Annie est déjà montée avec le déjeuner de M. Henning ; sa cousine saisit le plateau de Junior et se met en marche. Elle cligne de l'œil à Mick.

— Prépare ton canif ! lance-t-elle.

Puis elle disparaît avec un rire qui ne présage rien de bon. Elle gravit l'escalier sans se presser. Son chien la suit, très intrigué.

La porte du jeune Américain est fermée. L'adolescente l'ouvre d'un violent coup de pied. Elle entre bruyamment et pose le plateau sur un petit bureau d'un geste si brusque que le chocolat rejaillit

52

du bol. En toussant, elle va à la fenêtre pour tirer les rideaux à grand fracas.

Junior s'est rendormi, la tête sous les draps. Claude renverse une chaise ; le garçon se redresse, effrayé.

— Qu... qu'est-ce que c'est ? bégaie-t-il. Vous ne pouvez pas m'apporter mon déjeuner sans...

Il s'aperçoit alors que c'est Claude, et non pas l'aimable Mme Durand, qui se tient devant lui.

— Qu'est-ce que tu fais là ? hurle-t-il, furibond. Pourquoi tout ce bruit ? Referme les rideaux, le soleil me fait mal aux yeux... Oh ! tu as renversé le chocolat ! Où est Mme Durand ? D'habitude, c'est elle qui m'apporte mon petit-déjeuner ! Pose-le sur mes genoux !

L'adolescente tire brusquement le drap, saisit le plateau et le pose violemment sur les jambes de Junior. Quelques gouttes de chocolat brûlant tombent sur le bras nu du garçon qui pousse un cri strident. Son poing levé s'abat sur l'épaule de Claude.

Dagobert, qui est à la porte, bondit sur le lit en grognant. Saisissant le jeune insolent par le col de son pyjama, il l'entraîne sur le parquet. Il le maintient là avec ses grosses pattes, sans cesser de gronder.

Sa maîtresse feint de ne rien remarquer. Elle fait le tour de la pièce en fredonnant, très occupée à ramasser les vêtements jetés à terre et à remettre de l'ordre sur la table de nuit. Elle laisse faire son fidèle protecteur. La porte est fermée : personne ne peut entendre les protestations de la victime !

— Claude... appelle ton chien ! supplie Junior. Il

53

va me mordre ! Claude ! Je le dirai à papa. Rappelle ton chien !

Il fond en larmes. La jeune fille lui lance un regard de mépris.

— J'ai bien envie de te laisser là toute la matinée aux bons soins de Dago, déclare-t-elle. Mais, pour cette fois, je serai sympa. Allez, Dag, lâche cette carpette !

L'autre sanglote toujours ; il remonte dans son lit et relève le drap sur sa tête.

— Je ne veux pas déjeuner, gémit-il entre deux hoquets. Je raconterai tout à papa. Tu verras ce qu'il te fera.

— C'est ça, va te lamenter auprès de ton père, poursuit l'adolescente en le bordant de telle sorte qu'il ne peut plus faire un mouvement. Moi, je me plaindrai à Dagobert, et c'est à lui que tu auras affaire.

— Tu es le type le plus horrible sur terre ! lâche Junior, à bout d'arguments.

Claude éclate de rire. Il la prend pour un garçon ? Tant mieux !

— Mme Durand ne te montera plus ton plateau, décrète-t-elle. Ce sera moi... et Dagobert. Compris ?

— Je ne veux plus qu'on m'apporte mon déjeuner ! geint l'autre d'une voix faible. Je préfère descendre. Je ne veux pas que tu reviennes.

— Parfait. Je le dirai à Mme Durand, promet la jeune fille. Si tu changes d'avis, avertis-moi. Je me ferai un plaisir de te servir. Mon chien aussi !

Elle sort en claquant la porte. Dagobert la précède

dans l'escalier, un peu perplexe mais satisfait. Junior, dès le début, lui avait inspiré une vive antipathie. Claude entre dans la cuisine. François et Mick l'interrogent du regard.

— Tu as perdu ton pari, Mick, annonce-t-elle calmement. Le canif, s'il te plaît. Non seulement je lui ai porté son déjeuner, mais *sans faire exprès* (elle insiste sur ces mots et envoie un clin d'œil à ses cousins) j'ai renversé du chocolat brûlant sur lui. Dagobert l'a tiré du lit et l'a cloué au sol. C'était à crever de rire ! Le pauvre Junior ne veut plus qu'on le serve dans sa chambre. Il descendra tous les matins. Alors ?

— Bravo, Claude ! félicite Mick.

Il lui tend son couteau-suisse par-dessus la table.

— Mais c'est le dernier pari que je fais avec toi ! ajoute-t-il.

chapitre 7

Roger

Les jumeaux ont déjeuné depuis longtemps.

Ils arrivent dans la cuisine, Friquet sur les talons ; ils froncent les sourcils quand ils voient les quatre vacanciers assis à table. Claude raconte son entrevue avec Junior. Annie rit aux larmes.

— Si tu avais vu sa tête quand je lui ai jeté le plateau sur les genoux ! Les yeux lui sortaient de la tête !

Les Daniels écoutent, cloués au sol. Ils échangent un regard en hochant la tête. Puis ils approchent de la table ; pour la première fois, un seul des deux prend la parole. Personne ne sait si c'est Daniel ou Danièle, car ils se ressemblent trop pour qu'on puisse les distinguer.

— Qu'est-ce qui s'est passé ? demande le jeune fermier. Qui t'a dit de monter le plateau de Junior ?

— Personne, mais on était scandalisés des maniè-

57

res de ce gosse ! explique la jeune fille. Je lui ai donné une bonne leçon. Maintenant, je peux vous dire qu'il n'aura plus envie de déranger Mme Durand ! Mick avait parié que je n'oserais pas mettre mon plan à exécution... eh bien, j'ai gagné son beau couteau de poche !

Elle exhibe fièrement le canif. Les jumeaux partent d'un éclat de rire ; les autres sont ébahis par cet accès de gaieté !

— Waouh ! s'écrie François. On vous croyait incapables de rigoler !

Les enfants de la fermière arborent maintenant un large sourire. Ils parlent l'un après l'autre d'un ton amical.

— On déteste Junior, commence l'un d'eux. Il prend maman pour une esclave ; il l'appelle pour tout et n'importe quoi, il se fiche de la déranger ou de la fatiguer.

— Pareil avec son père, renchérit l'autre. Il a toujours besoin de quelque chose ; maman court dans tous les sens pour suivre.

— Il devrait aller dans un hôtel trois étoiles ! fait remarquer Annie.

— Les objets anciens qu'on a ici l'intéressent, explique le premier jumeau. Il veut les acheter. C'est pour ça qu'il séjourne ici. Maman lui en a déjà vendu quelques-uns... Elle a tellement besoin d'argent... ça coûte cher, d'entretenir une ferme. Il faut rénover la toiture et les dépendances. Et il faut nourrir les animaux...

Il se tait et regarde les Cinq attentivement.

— Bon ! lance François après un instant de silence. Maintenant que vous acceptez de nous parler, vous pourriez vous présenter ! Je sais que l'un de vous est un garçon et l'autre une fille, mais vous êtes absolument pareils !

Les jeunes fermiers ont un sourire malicieux.

— Ne le répétez pas à Junior, confie l'un d'eux. On peut me distinguer à cette cicatrice. Moi, je suis Daniel... le garçon.

Il montre une balafre qui barre la paume de sa main.

— Je m'étais coupé sur un fil de fer barbelé, reprend-il. Voilà, vous savez comment nous reconnaître. Maintenant, racontez-nous le déjeuner de Junior de A à Z !

Les jumeaux, si désagréables au début, sont tout à fait apprivoisés. Les Cinq sont ravis. Quand Mme Durand revient dans la cuisine pour débarrasser la table, elle est tout étonnée de trouver ses enfants en train de bavarder gaiement avec ses jeunes pensionnaires. Un sourire de bonheur illumine son visage.

— Maman, Junior ne déjeunera plus au lit, annonce Daniel, enchanté. Tu veux savoir pourquoi ?

Il faut répéter toute l'histoire. Claude devient rouge comme une pivoine. La maîtresse de maison la grondera peut-être ? Mais non. Celle-ci rejette la tête en arrière et rit de bon cœur.

— J'espère seulement que Junior ne se plaindra pas à son père, conclut-elle. S'ils partaient tout de

59

suite, je serais bien ennuyée. Allez, je vais nettoyer la vaisselle.

— Non, non, c'est notre boulot, proteste Annie. Hein, les jumeaux ?

— Oui, acquiescent les Daniels, retrouvant leur vieille habitude de parler ensemble. On est tous amis maintenant, maman !

— Très bien, accepte la fermière. Je vais donner à manger à mes poules si vous n'avez pas besoin de moi.

— On rangera les assiettes et les bols dans les placards, promet Claude.

— Vous aimeriez faire un tour dans la vieille Ford ? questionne Daniel. Il faut que vous connaissiez la région. Je crois que Roger s'en servira ce matin. Je vais lui demander si vous pouvez l'accompagner.

— Bonne idée ! approuve François. À quelle heure ?

— Dans une demi-heure. Quand vous entendrez klaxonner, venez. Roger ne parle pas beaucoup mais, si vous êtes polis avec lui, il se déridera.

— D'accord, accepte Mick. Qu'est-ce qu'on peut faire, François et moi, pendant que les filles s'occupent de la vaisselle ?

— Il y a toujours du travail dans une ferme, annonce Danièle. Venez au poulailler ; on cloue des planches pour rafistoler le toit.

Les jumeaux sortent d'un pas vif ; les garçons, suivis de Dagobert, les accompagnent. Agréable, ce changement d'attitude !

— Je suis bien contente d'avoir apporté le déjeuner de Junior, déclare Claude en passant un chiffon sur la grande table en bois. C'était ce qu'il fallait pour gagner la confiance des Daniels. Eh ! je crois que les Américains arrivent !

La jeune fille se cache dans l'angle que forment le mur et le buffet pendant que sa cousine range les chaises autour de la table. Junior entre avec précaution et jette un regard inquiet autour de lui. Il paraît soulagé de voir simplement Annie. Cette dernière lui paraît inoffensive.

— Où est le chien ? interroge-t-il.

— Quel chien ? réplique la benjamine des Cinq d'un ton innocent. Friquet ?

— Non. L'autre, le gros ! Et son maître.

— Ah ! fait la fillette, amusée que Junior prenne Claude pour un garçon. Regarde là-bas !

La maîtresse de Dago sort de sa cachette. Le jeune Américain, en l'apercevant, pousse un cri de terreur et s'enfuit. L'adolescente éclate de rire.

— Il ne nous dérangera plus ! conclut-elle avec un sourire satisfait. J'espère qu'il ne se plaindra pas trop à son père.

Au bout d'un moment, un klaxon retentit dehors.

— La Ford ! s'exclame Annie. Ça tombe bien, on a tout fini ! Suspendons les torchons pour qu'ils sèchent ! Je vais ranger les assiettes dans le buffet.

Quelques instants plus tard, elles quittent la cuisine pour se précipiter dans la cour. La voiture est

61

vieille, très sale et un peu cabossée. François et Mick appellent les filles à grands cris.

— Vite ! Dépêchez-vous !

Les cousines courent vers le véhicule. L'ouvrier agricole est au volant. Il les accueille d'un signe de tête. Dagobert se jette sur sa maîtresse comme s'il ne l'avait pas vue depuis des années et manque de la renverser.

— Dag, ne fais pas l'idiot ! gronde Claude. Regarde tes pattes boueuses ! Où sont les jumeaux ? Ils ne viennent pas ?

— Non, réplique Roger. Ils sont occupés au poulailler.

Les Cinq montent. La Ford va démarrer quand un cri se fait entendre.

— Hep ! Attendez-moi ! Je viens !

Junior accourt avec son assurance habituelle.

— Allez, Dago, saute-lui dessus ! ordonne sa maîtresse à voix basse.

D'un bond, le chien s'élance vers le jeune pensionnaire. Celui-ci pousse un hurlement, fait demi-tour et détale.

— Bon débarras, se réjouit Mick. Regardez Dag : il a l'air de rire ! Tu aimes ce genre de petites blagues, hein ?

En effet, on dirait que l'animal s'amuse comme un fou ; ses babines sont retroussées sur ses dents, sa langue pend, ses bons yeux pétillent. Il remonte dans la voiture.

— C'est un chien intelligent, affirme Roger.

Puis il met le contact.

Quel bruit de vieille ferraille ! Les chemins sont pleins d'ornières ; la Ford branlante geint, grince, oscille. Annie n'est pas rassurée, mais ses frères et cousine ont l'air heureux comme des rois.

— Je vais vous montrer les terres qui appartenaient autrefois aux Durand, annonce l'ouvrier agricole en s'arrêtant au sommet d'une petite colline. Ils ont été obligés de vendre la plupart de leurs champs au cours des années. Tous ces hectares, ça coûte cher à entretenir ! Maintenant, s'ils n'avaient pas le lait de leurs vaches, je ne sais pas de quoi ils vivraient.

Roger pousse un soupir et les enfants comprennent que c'est un fidèle ami des fermiers.

chapitre 8

Une promenade au milieu des champs

L'excursion ressemble à un jeu des montagnes russes. La Ford gravit des collines, les redescend et prend des virages audacieux. Roger s'arrête de temps en temps pour permettre à ses passagers d'admirer le paysage. Il énumère les noms des champs et des bois.

— Le champ des Trois-Chênes, le bois du Pendu, le bois des Rétameurs, le champ du Bout-du-Monde... Tout ça appartenait autrefois aux Durand.

Il connaît ces terres depuis sa naissance.

— Vous voyez les vaches dans ce pré ? poursuit-il. De belles bêtes. Mais les nôtres les valent bien. Le père des Daniels en prend soin ; c'est un bon fermier. On va passer devant ses pâturages. Les moutons broutent sur la pente de cette colline là-bas. Je vous y emmènerai un jour. Le vieux berger n'était pas plus

65

âgé que vous quand il est entré à la ferme des Trois-Pignons.

Après ce long discours, il retombe dans son silence habituel. Pour le retour, il prend un autre chemin et montre de nouveaux paysages à ses jeunes accompagnateurs. Les prairies sont vert émeraude, et une légère brise agite les longues herbes.

— C'est beau... murmure Annie. Vous avez de la chance, Roger, vous pouvez contempler ce spectacle autant que vous voulez.

— Pas vraiment ! riposte l'homme. Pas le temps !

Tous se mettent à rire.

— Des vaches, des veaux, des moutons, des agneaux, des œufs, des chiens, des canards, des poulets... murmure la benjamine des Cinq. Eh ! Attention !

Effrayée par un cahot plus violent que les autres, elle croit à un accident. Dagobert pousse un jappement.

— C'est rien, Dag, le rassure Claude.

— Cette vieille guimbarde est encore solide, affirme le paysan en riant.

Il appuie sur l'accélérateur et la pauvre Annie pousse de nouveau un gémissement.

Malgré ces petits désagréments, les Cinq sont enchantés de leur promenade.

— Maintenant, on connaît la région ! estime François quand le véhicule s'arrête d'une secousse qui les jette les uns sur les autres. Elle est magnifique ; ça ne m'étonne pas que le vieux grand-père et les Durand tiennent tant à leur propriété. Dommage qu'ils n'aient pas gardé tous leurs champs.

— Les temps changent, jeune homme ! s'exclame Roger avec un sourire amer. Mais la Normandie est pleine de souvenirs des siècles passés. Le tout est de ne pas piller cette belle campagne...

Annie regarde l'ouvrier agricole avec étonnement.

— Vous ne comprenez, pas ? reprend-il. Je veux dire que *certains* se moquent bien de préserver la beauté et l'histoire du Bocage normand... Ce M. Henning par exemple ! Quant à son gamin...

Sa mâchoire se crispe.

— C'est la façon dont il a été élevé, explique la benjamine des Cinq. J'ai connu des jeunes Américains très sympas...

— Eh bien, celui-là a une tête à claques, lance Roger. Il pourchasse les veaux et les poules, jette des pierres aux canards, éparpille le blé à pleines mains pour s'amuser. Chaque fois que je le vois, j'ai envie de lui coller une bonne raclée !

Les vacanciers écoutent en silence, avec respect.

— Ne vous inquiétez plus à propos de Junior, dit François. On l'a à l'œil !

Après avoir quitté le paysan, ils retournent à la maison, un peu endoloris, mais ravis de leur tournée.

— J'aime encore mieux la campagne maintenant, commente Mick. Je meurs de faim ; je ne tiendrai jamais jusqu'au déjeuner. Si on allait manger des gâteaux à la pâtisserie du village ?

— Bonne idée, approuvent les filles.

67

Dagobert lui-même aboie pour montrer qu'il est d'accord. Ils descendent le chemin qui mène au bourg. Quand ils poussent la porte de la boutique, Mathilde, la petite marchande de glaces, accourt.

— Salut ! dit-elle en souriant. Maman a fait des macarons ce matin ! Vous en voulez ?

— Bravo ! Elle a deviné qu'on adore ça ! déclare François avec une mine réjouie. On va en prendre une vingtaine !

— Une vingtaine ? s'étonne la fillette. Mais ça en fera quatre par personne !

— Ça ne fait pas trop, assure Mick. Et une glace pour chacun. N'oublie pas notre chien.

— Bien sûr, réplique Mathilde. Il est si beau ! Et ses yeux sont si intelligents...

Claude se rengorge ; les compliments adressés à Dago l'emplissent de joie. L'animal, pour manifester sa satisfaction, lèche la main de la petite vendeuse.

Les macarons sont délicieux. Claude en donne un à Dagobert qui n'en fait qu'une bouchée. Puis il promène sa glace dans toute la boutique, comme lors de la première visite.

— Qu'est-ce que vous pensez de Mme Durand ? demande la jeune marchande. Elle est sympa, hein ?

— *Très* sympa, approuvent les autres.

— On est contents de loger chez elle, ajoute Annie. Ce matin, on a fait une promenade dans la Ford.

— C'est mon oncle Roger qui vous conduisait ? questionne Mathilde. Il est très silencieux avec les gens qu'il ne connaît pas.

— Roger est ton oncle ? demande Mick.

— Oui. Et il y a un autre ouvrier agricole à la ferme des Durand, il s'appelle Maurice.

— Exact. En tout cas, ton oncle Roger n'était pas si silencieux que ça ! Il nous a raconté des tas de choses, déclare François. Il nous a parlé de la campagne normande. Est-ce qu'il aime les macarons ?

— Euh, oui ! répond la fillette, un peu surprise. Tout le monde aime les macarons de maman.

— On pourrait lui en offrir quelques-uns, pour le remercier de la belle balade de ce matin !

— Ça, c'est gentil ! acquiesce la petite vendeuse. Mon oncle a toujours travaillé à la ferme des Trois-Pignons. Il vous montrera l'emplacement du château de Francville qui a brûlé et...

— Le château ? interrompt Claude, étonnée. Quel château ? On a parcouru les environs de la ferme et on n'a aperçu aucune ruine.

— Il n'en reste plus rien, explique la fillette. Il a brûlé il y a des siècles. La ferme en faisait partie. Dans le petit magasin d'antiquités de la rue principale, vous verrez des tableaux qui le représentent.

— Mathilde ! s'exclame sa mère qui entre dans la boutique, un immense plateau dans les mains. Arrête de discuter avec les clients ! Tu les fatigues, à force !

— Non, non ! proteste François. Elle nous raconte des choses très intéressantes.

Mais la fillette, rouge et confuse, s'est enfuie. La boulangère arrange les viennoiseries sur le comptoir.

— Où sont passés les macarons ? marmonne-t-elle.

— On en a mangé dix-huit... explique Claude. Mon chien nous a aidés. Et on en emporte six que Mathilde a mis dans une boîte en carton.

— Vingt-quatre macarons ! comptabilise la vendeuse, étonnée.

— Et cinq glaces, ajoute François.

La femme ne peut s'empêcher de sourire. Elle fait le calcul sur sa caisse et tend la facture à l'aîné des Cinq.

Après avoir réglé leurs achats, les jeunes vacanciers sortent de la boutique. Dagobert se lèche les babines dans l'espoir d'y retrouver une miette de macaron. Arrivée au chemin qui conduit à la ferme, Annie s'arrête.

— Je voudrais voir ce qu'il y a dans le magasin d'antiquités, déclare-t-elle. Ne m'attendez pas ; je vous rejoindrai dans un moment.

— Je t'accompagne, décide sa cousine.

Toutes deux se dirigent vers la petite boutique, surmontée de l'enseigne « Martin Francville antiquaire ». Les garçons continuent leur route.

— À tout à l'heure ! crie Mick.

En entrant dans l'échoppe, les filles se heurtent à deux clients qui en sortent : M. Henning et un homme qu'elles n'ont jamais vu.

— Hello ! lance le père de Junior.

Il s'éloigne avec son ami. Annie et Claude pénètrent dans la boutique obscure. Un vieillard se tient dans le fond. Son visage crispé traduit la colère.

— Ce type ! grommelle l'antiquaire avec un tel froncement de sourcils que ses lunettes tombent.

Annie l'aide à les retrouver au milieu des bibelots qui encombrent le comptoir. Il les place de nouveau sur son nez et observe sévèrement les deux visiteuses accompagnées de Dagobert.

— Sortez, je n'ai pas de temps à perdre, vocifère-t-il. Je suis occupé. Je n'aime pas les enfants. Ils touchent à tout sans jamais rien acheter ! Ce petit Américain par exemple... Je suis hors de moi.

— Monsieur Francville, ne nous chassez pas, supplie la benjamine des Cinq de sa voix douce. Vous êtes M. Francville, c'est ça ? Je voudrais regarder ces beaux chandeliers de cuivre. Je ne vous dérangerai pas longtemps. On loge à la ferme des Trois-Pignons...

— À la ferme des Trois-Pignons ? s'écrie l'homme qui se radoucit. Alors vous connaissez mon grand ami Albert !

— Le père des jumeaux ? questionne Claude. Je croyais qu'il s'appelait André.

— Non, non, Albert, le grand-père. C'est un de mes cousins éloignés. Il porte le même nom que moi : Francville. Ah ! Je pourrais vous en raconter sur les Francville et le château qu'ils possédaient autrefois. Oui, je suis un descendant des propriétaires de ce château, celui qui a brûlé.

De nouveau, son visage change d'expression. Son

71

regard s'obscurcit et ses mains osseuses se crispent sur le pommeau de sa canne. D'un pas lent, il s'approche des deux filles. Leur cœur bat de plus en plus vite...

chapitre 9

Une page d'histoire

D'une voix grave, le vieillard désigne une chaise dans le coin de la boutique et ordonne à Annie de la lui apporter. La fillette s'exécute, tremblante. L'antiquaire s'assied lourdement et fait signe aux jeunes visiteuses de s'installer sur deux petits tabourets, en face de lui. Il commence alors un récit fascinant.

Claude et sa cousine l'écoutent parler comme si elles étaient hypnotisées. Entouré par des objets encore plus vieux que lui, l'homme voûté a l'air d'un sage, érudit et autoritaire à la fois : son crâne est presque chauve, des rides profondes sillonnent son visage, ses lourdes paupières cachent à moitié ses yeux.

Un descendant de châtelains ! Voilà qui est intéressant !

— Comment était le château ? questionne Annie. On en a entendu parler aujourd'hui pour la première

73

fois. Où est-ce qu'il se trouvait ? On n'a pas vu une seule ruine...

— Non, bien sûr, répond M. Francville. Il a été complètement brûlé. C'était il y a des siècles ; les habitants de la région ont ensuite pillé les vieilles pierres pour construire leurs maisons. La forteresse a été détruite vers 1106... au XIIᵉ siècle. À l'époque, le roi d'Angleterre Henri Iᵉʳ se battait contre la France pour conquérir la Normandie. Regardez cette gravure.

Il leur fait voir la copie d'une estampe qui représente un édifice du XIIᵉ siècle.

— C'est un château de style normand, explique-t-il. Francville était comme celui-là ! Je possède un vieux dessin. Je le chercherai pour vous le montrer. Le château n'était pas très grand mais il était très beau. Personne ne sait vraiment comment il a été brûlé. D'après la légende, il aurait été attaqué une nuit par les Anglais. Des soldats vendus à l'ennemi y ont mis le feu... Pendant que les habitants combattaient l'incendie, les Anglais sont entrés et ont massacré presque tout le monde. Francville a été décimé.

— Mais c'est bizarre qu'on n'en voie plus une seule pierre, remarque Annie.

— Détrompe-toi, petite ! riposte l'antiquaire d'un ton triomphant. Il y a des pierres de l'édifice un peu partout dans la ferme des Durand. Mais seules deux personnes savent où elles se trouvent : le grand-père Albert et moi. Un mur... Un puits... Mais je ne vous révélerai pas où ils sont. C'est un secret. Vous le répéteriez à ces Américains qui veulent acheter tous nos trésors.

— Jamais de la vie ! Promis ! s'écrient les deux filles d'une même voix.

Dagobert frappe le sol de la queue comme pour approuver.

— Le grand-père vous montrera peut-être quelques-unes de ces vieilles pierres, reprend M. Francville. Mais j'en doute... Vous pouvez tout de même admirer une très belle chose à la ferme. Tout le monde la connaît, ce n'est pas un mystère. Avez-vous remarqué la vieille porte de la cuisine qui s'ouvre sur le couloir ?

— Oui. La porte de chêne avec de grosses ferrures, dit aussitôt Claude. Elle n'a pas l'air très ancienne...

L'homme met sa tête dans ses mains et gémit d'exaspération.

— Pas l'air très ancienne ? *Pas l'air très ancienne ?* On croit rêver ! Vous n'avez pas compris que cette porte était vieille de plusieurs siècles, qu'elle ornait autrefois un majestueux château ?

— Je... je ne l'ai pas très bien observée, reconnaît la jeune fille un peu déconcertée.

— Eh ! Les gens ne savent plus se servir de leurs yeux, se lamente le vieillard. Regardez donc cette porte, tâtez-la, examinez le grand marteau !

La maîtresse de Dagobert soupire. Cette conversation ne l'intéresse pas beaucoup. Une idée lui vient brusquement à l'esprit.

— Monsieur Francville, le château était en pierre ?

75

Il a été complètement détruit ? demande-t-elle. C'est vraiment possible ?

— Je n'en sais rien, répond tristement l'antiquaire. J'ai fait des recherches dans toutes les bibliothèques de la région, j'ai consulté des manuscrits d'époque... J'ai examiné les vieux registres de l'église du village. Il semble que la forteresse a été assiégée et que des traîtres, alliés des Anglais, y ont mis le feu. Les planchers se sont effondrés, le bâtiment a brûlé de fond en comble. Les grands murs se sont écroulés ; la famille Francville s'est enfuie. Le baron a été tué, mais sa femme a pu cacher les enfants, dans la vieille chapelle près des granges.

— Une vieille chapelle ? répète Annie. Comment est-elle entrée, si l'édifice était en flammes ?

— C'est un mystère, concède le vieil homme. On raconte qu'elle aurait emprunté un passage souterrain.

— Une chapelle... murmure Claude. Elle est encore debout ?

— Oui, elle existe encore. Le grand-père vous la montrera. Maintenant, on y stocke des sacs de céréales.

Il baisse la tête, d'un air meurtri.

Les filles le scrutent. La tête penchée, il garde le silence un moment, puis il lève les yeux.

— Vous voulez mon avis ? reprend-il doucement.

Les jeunes visiteuses acquiescent en silence.

— Le château possédait des oubliettes et des caves, explique l'antiquaire. Le feu a dévoré le bois, les pierres se sont écroulées. Mais les souterrains n'ont pas été détruits. Ils existent encore, j'en suis persuadé.

— Personne n'a pensé à explorer ces sous-sols ? interroge Annie, d'une voix incertaine.

— Quand les murs se sont écroulés, toutes les entrées des caves ont été bloquées par d'énormes pierres. Les habitants du coin en ont pillé un bon nombre pour construire des puits et des margelles, mais ils ont laissé celles qu'ils ne pouvaient pas déplacer... Depuis, les souterrains sont restés bouchés.

Il se plonge dans ses réflexions. Les cousines attendent qu'il se remette à parler.

— Aujourd'hui, plus personne ne s'y intéresse. Mais moi, quand je me réveille la nuit, je me demande ce qu'il y a sous terre. Des ossements de prisonniers ? Des coffres pleins d'argent ? Des bijoux cachés par la châtelaine ? Pendant des heures je rumine ces pensées...

Annie est mal à l'aise. Quels secrets peuvent bien renfermer les sous-sols de Francville depuis des siècles ?

— Et M. Henning, il connaît ces événements anciens ? questionne Claude.

— Pas tous... répond sèchement l'antiquaire. Seulement les bribes qu'il a entendues dans le village. Il vient me harceler tous les jours ! Il pressent que les caves contiennent un trésor. Il voudrait faire venir une équipe d'ouvriers et creuser partout. Ha ! Il serait prêt à défigurer définitivement la campagne pour mettre la main sur des antiquités qu'il revendrait très cher !

Soudain, le vieillard se fige. Il plante son regard d'acier dans les yeux des jeunes visiteuses.

— Ne répétez pas ce que je vous ai raconté, ordonne-t-il. J'ai trop parlé. Je parle toujours trop quand je suis ému. Et maintenant, laissez-moi me reposer...

Annie et Claude sortent presque sur la pointe des pieds.

— Eh bien ! fait la maîtresse de Dagobert. Allons raconter ça aux garçons. Quelle histoire ! Il faut qu'on cherche l'emplacement de ce vieux château. Qui sait ce qu'on trouvera ? Viens... Retournons vite à la ferme !

chapitre 10

Cris et emportements

Annie et Claude, avec Dagobert sur leurs talons, partent à la recherche des garçons. Elles ne les trouvent nulle part et finissent par y renoncer. Dans la cuisine, Mme Durand est en train d'éplucher des pommes de terre ; les deux cousines s'asseyent près d'elle pour l'aider dans sa besogne.

— Vos frères donnent un coup de main pour réparer le poulailler, annonce la fermière. C'est bien pour les Daniels. Il y a tant de travail qu'ils ne savent plus par où commencer. En fait, nous aurions besoin de matériel neuf, un tracteur par exemple, mais c'est tellement cher ! Et nos terres ne sont pas vastes ! Heureusement, les vaches sont de bonnes laitières. Je ne sais pas ce que nous ferions sans l'argent que nous rapporte le lait. Mais je ne devrais pas vous ennuyer avec ces problèmes d'argent...

— Vous ne nous ennuyez pas, assure Claude. On voudrait tous vous aider !

Les filles doivent attendre l'après-midi pour raconter aux autres membres du Club des Cinq l'histoire du vieil antiquaire. En compagnie des jumeaux, ils manient gaiement les marteaux et les scies pour réparer le toit et les parois du poulailler. Ravi de voir tant de monde autour de lui, Friquet, la queue frétillante, porte des bouts de bois de l'un à l'autre ; il a l'impression d'être indispensable.

Zoé la pie est là aussi, mais elle n'est d'aucune aide : dès qu'elle aperçoit un clou ou une vis, elle fonce dessus pour s'en emparer, puis prend son envol sans tenir compte des cris d'exaspération des jeunes bricoleurs.

— Quelle peste ! tempête François. Elle vient de chiper le rivet dont j'avais besoin. C'est la reine des voleuses !

Les Daniels éclatent de rire. Depuis qu'ils se sont liés d'amitié avec les nouveaux venus, ils ne sont plus les mêmes ; ils se montrent amusants, serviables et gais.

— Quand vous êtes arrivés, on était furieux, parce qu'on pensait que vous donneriez trop de travail à maman, confie la jumelle. Alors on a décidé d'être désagréables, en espérant que ça vous pousserait à partir. Mais maintenant, on se rend compte qu'on avait tort. Vous êtes vraiment sympas !

— Oh ! Revoilà encore cette pie ! Attention, Mick, elle va attraper ta vis. Friquet, chasse-la !

Le petit caniche se lance à la poursuite de l'oiseau en aboyant à pleine voix. Zoé s'envole vers le toit du poulailler ; là, à l'abri des représailles, elle bat des ailes d'un air moqueur et insultant.

Vers midi, les hôtes de la ferme se réunissent pour le déjeuner. Le grand-père fronce les sourcils en voyant M. Henning entrer avec son fils. Le petit Américain adresse une grimace à Claude. Elle lui répond de la même façon. Le père de Junior, qui se tourne vers elle à ce moment, la réprimande vertement.

— Mais tu es très grossier, jeune homme !

Personne ne le corrige. Mme Durand réprime un sourire ; elle a beaucoup d'affection pour la maîtresse de Dago qui, comme sa fille Danièle, est un vrai garçon manqué.

— Me permettez-vous d'amener un ami à déjeuner demain ? demande M. Henning à la fermière. Il s'appelle Charles Durleston. C'est un grand amateur d'antiquités. Il va me donner des conseils. Je voudrais lui montrer les belles cheminées qui ornent les chambres de votre maison. J'ai pensé que je...

— ... que vous pourriez les acheter, hein ? l'interrompt le grand-père en frappant la table avec le manche de son couteau. Eh bien, vous me demanderez d'abord mon autorisation ! Cette ferme m'appartient toujours ! J'ai près de quatre-vingts ans mais j'ai toute ma tête. Je refuse de vendre les objets qui appartiennent à notre famille depuis des siècles. Je...

— Allons, allons, papy, ne t'énerve pas, coupe Mme Durand d'une voix douce. Tu sais qu'on ne vend

81

ces biens que pour acheter des outils neufs ou du bois afin de réparer les granges.

— Non et non ! s'écrie le vieillard en brandissant sa fourchette. Monsieur Henning, vous n'achèterez rien ! Vous entendez ?

— Bien sûr que je vous entends ! réplique à son tour l'Américain en se soulevant de sa chaise. Je ne suis pas sourd. Mais vous avez déjà bien de la chance que je m'intéresse à votre bric-à-brac. Vous...

— Ne haussez pas le ton, s'il vous plaît, s'interpose la fermière.

Elle parle avec tant de calme et de dignité que le pensionnaire, confus, se rassied. Il se racle la gorge et reprend, d'un ton adouci.

— Hmm... Excusez-moi, mais votre grand-père a dépassé les bornes. Qu'est-ce qui lui prend ? Vous avez besoin d'un nouveau tracteur, oui ou non ? ... Ça tombe bien, je propose d'acheter très cher vos vieilles charrettes, vos briques et vos ardoises ! C'est tout... Vous vendez, moi j'achète !

— Vieilles charrettes ? quelles vieilles charrettes ? vocifère le vieil homme en martelant la table avec son verre. Tous nos chariots sont encore solides ! C'est mon père qui les a fabriqués lui-même... C'est inadmissible !

— Arrête, papy ! intervient la fermière en s'approchant de son aïeul tremblant de fureur. Tu vas te rendre malade si tu continues à t'agiter ainsi. Les choses changent, tu sais... Plus personne n'utilise de charrette à bras pour faire les récoltes. On doit s'équiper de matériel neuf. Allez, viens avec moi ; il faut que tu ailles te reposer sur ton lit.

Le vieillard prend le bras de sa petite-fille qui l'emmène. Les sept enfants ont gardé le silence pendant cette scène. Le père des Daniels est soucieux ; il sort de son silence habituel pour adresser quelques mots à M. Henning qui fronce toujours les sourcils.

— Ne vous offusquez pas, dit-il. C'est sans importance.

— Hum ! grommelle l'Américain. Il m'a coupé l'appétit, votre grand-père. Cet entêtement est stupide !

— Non ! s'écrie un des jumeaux d'une voix vibrante de colère. Arrêtez !

— Chut ! Tais-toi, Daniel ! ordonne le fermier d'un ton sévère.

Junior, pour sa part, intimidé par le vieillard, est resté silencieux. Dagobert a poussé quelques grondements ; quant à Friquet, il s'est enfui dès que le vieil homme a élevé la voix.

Mme Durand revient s'asseoir, triste et fatiguée. Pour l'amuser, Claude raconte qu'ils ont acheté six macarons à la boulangerie pour les offrir à Roger.

— Hmm... fait le fils de M. Henning en passant la langue sur ses lèvres. J'adore les macarons. J'en mange au moins trente par semaine.

— Trente ! s'écrie Claude. Pas étonnant que tu sois bouffi !

— Bouffi toi-même ! riposte Junior, toujours courageux en présence de son père.

83

Un grognement retentit sous la table, une haleine chaude effleure sa jambe nue. Le jeune Américain sursaute ; il a oublié Dagobert !

Afin d'éviter une dispute, François décide de changer le sujet de conversation ; il se met à parler des poulaillers.

— Avec les planches qu'on a clouées, la pluie ne passe plus, annonce-t-il.

Le fermier a un sourire d'approbation.

— Bravo, fait-il. J'ai jeté un coup d'œil tout à l'heure, c'est du bon travail !

— Je voulais aider, mais ils m'ont dit de déguerpir ! intervient Junior, furieux. Papa, est-ce que je peux me promener avec toi cet après-midi ?

— Non, réplique M. Henning d'un ton bref.

— Oh ! si, papa, s'il te plaît, insiste le garçon d'une voix gémissante. Laisse-moi t'accompagner !

— Non ! répète son père en haussant légèrement le ton.

Dagobert grogne de nouveau. Il n'aime pas toutes ces querelles. Sa maîtresse le pousse du bout du pied. Alors il s'allonge, et pose la tête sur le sol.

Bien que le repas soit délicieux, tout le monde est soulagé quand il prend fin. Les Cinq insistent pour que Mme Durand aille se reposer pendant qu'ils débarrassent la table.

— Soyez gentils avec Junior cet après-midi, recommande-t-elle avant de monter dans sa chambre. Il sera tout seul quand son père sera parti. Laissez-le rester avec vous.

Personne ne répond. Les six enfants n'ont pas du tout l'intention de s'encombrer du fils à papa américain.

« C'est un pauvre type, pourri-gâté et mal élevé », pense Claude en époussetant la nappe avec tant de vigueur qu'elle manque de renverser Annie.

— Eh ! François, souffle-t-elle tout bas à son cousin qui se prépare à emporter les verres à la cuisine. On a quelque chose d'intéressant à te raconter, Annie et moi. Tu seras au poulailler cet après-midi ?

— Oui, j'ai encore deux planches à clouer !

Junior a l'ouïe fine. Il entend les paroles de Claude, et sa curiosité s'éveille. Un secret ? Il s'arrangera pour se tenir assez près du poulailler pour entendre ce qui se trame...

Plus tard, les filles et Mick rejoignent l'aîné des Cinq, suivis discrètement par le fils de M. Henning. Celui-ci prend soin de rester hors de vue. Il s'approche du petit hangar à pas de loup et colle son oreille contre une fente du mur.

« Haha ! Je vais connaître leurs cachotteries ! songe-t-il. Je m'en servirai ensuite pour me venger de leurs moqueries ! »

chapitre 11

Un récit palpitant

Pendant que François et les Daniels s'occupent à scier et à clouer dans un vacarme assourdissant, les autres sont obligés de se boucher les oreilles. Friquet bondit dans tous les sens avec des morceaux de bois dans la gueule. Zoé la pie est attirée par les copeaux qui couvrent le sol. De temps en temps, elle en attrape un dans son bec et s'envole.

Dehors, les poules caquètent ; les canards leur donnent la réplique. Annie crie pour se faire entendre :

— Vous voulez de l'aide ?

— Non, assure son frère aîné. On a bientôt fini. Héhé ! Vous avez vu comme je me débrouille bien ? Je crois que je serais millionnaire si je devenais menuisier.

— Attention, Zoé vient d'emporter un clou ! prévient Claude.

Dagobert fait mine de poursuivre la pie ; elle s'élève dans les airs en jacassant comme si elle se moquait du chien.

« Saleté d'oiseau ! » pense-t-il.

Il se couche, bien décidé à ne plus s'occuper de cette effrontée.

Quand les jeunes bricoleurs ont terminé leur besogne, ils s'épongent le front.

— Alors ? lance François en s'asseyant près de sa cousine. Tu nous racontes ce que vous avez fait ce matin ?

— Chut, fait Annie. Pas trop fort ! Il ne faut pas que Junior nous entende !

— Ne t'inquiète pas ! On s'est débarrassés de lui... réplique la maîtresse de Dago. Je lui aurais donné des coups de marteau sur les doigts s'il nous avait suivis cet après-midi. « Laisse-moi t'accompagner, papa », ajoute-t-elle en imitant la voix du jeune Américain.

Dehors, l'oreille contre le mur, Junior serre les poings. Des coups de marteau sur les doigts ! Il les aurait rendus, et dix fois plus fort !

Les filles répètent à Mick, François et aux Daniels ce qu'elles ont appris dans la boutique d'antiquités.

— Il s'agit du château de Francville, commence la benjamine du groupe. Le vieux château qui a donné son nom au village. L'antiquaire s'appelle aussi Francville, c'est un descendant des seigneurs qui habitaient le château.

— Il a passé une grande partie de sa vie à rassembler des documents sur la vie de ses ancêtres, poursuit sa cousine. Il a consulté des livres, les registres du

88

village, tout ce qui pouvait l'aider à reconstituer l'histoire de sa famille.

Junior retient sa respiration pour ne pas perdre une parole. Son père lui a dit qu'il n'avait rien pu tirer du vieil antiquaire... pas un mot sur le château. M. Francville a même prétendu qu'il n'en connaissait pas l'emplacement. Pourquoi le vieillard a-t-il fait des confidences à Annie et à cet horrible garçon ? Le jeune Américain, irrité, redouble d'attention.

— L'histoire remonte au XIIe siècle, continue Claude. Une nuit, les Anglais ont assiégé la forteresse. Des traîtres vendus à l'ennemi ont mis le feu ; alors les soldats n'ont pas pu repousser les assaillants. Tout a brûlé, sauf les murs et les tours qui se sont effondrés. Il n'est plus resté qu'un tas de pierres !

— Waouh ! s'écrie Mick. Une nuit de terreur ! Tout le monde a été tué, je suppose ?

— Non, reprend sa sœur. La châtelaine a survécu. On dit qu'elle a conduit ses enfants dans la petite chapelle près de la ferme...

— Très intéressant, estime François. Mais ce château, on ne l'a pas repéré ! Où sont passées les pierres des murs qui se sont effondrés ?

— Elles ont disparu. M. Francville dit que les fermiers et les paysans des environs les ont prises pour construire des puits. Il y en aurait quelques-unes dans cette ferme. Mais il ignore lui-même l'endroit exact où s'élevait le château. Les herbes ont tout envahi ; aucun point de repère n'est resté. Pourtant, d'après l'antiquaire, les caves et les oubliettes sont encore intactes. Elles ont été recouvertes par des ruines pendant des siècles. Quand les pierres ont été pillées, les habitants avaient oublié leur existence.

— Ça voudrait dire qu'elles n'ont pas été explorées depuis le XIIe siècle ! réfléchit Mick. Elles doivent contenir des trésors. Pas un mot à l'Américain ; il serait capable de démolir toute la ferme pour arriver jusqu'aux souterrains !

Hélas ! Il ne peut pas deviner que Junior, l'oreille gauche toujours collée à la fente de bois, a tout entendu. Ses yeux brillent de surprise et de joie. Quel secret ! Qu'en dira son père ? Des oubliettes ! Des souterrains ! Peut-être pleins d'or, de bijoux et de toutes sortes d'antiquités ! Il a envie de chanter. Ces imbéciles du Club des Cinq le méprisent ? Eh bien, il tient sa revanche... Dès que son père reviendra, il lui répétera mot pour mot la conversation qu'il a surprise !

Surexcité, il se frotte les mains ; aussitôt Dagobert dresse l'oreille et grogne. Friquet l'imite. Junior, effrayé par ces grondements, s'éloigne sur la pointe des pieds. Dago aboie de nouveau, court à la porte fermée du poulailler et gratte le sol avec une patte.

— Il y a quelqu'un dehors ! comprend sa maîtresse. Vite ! Si c'est Junior, il va avoir de mes nouvelles !

Elle ouvre brusquement le battant. Tous se précipitent pour regarder... mais ils ne voient rien de suspect. Le jeune Américain est déjà à bonne distance, en sûreté derrière une haie.

— Qui était là, Dago ? interroge Claude en se tournant vers l'animal. Il a peut-être entendu des poules qui picoraient dans la cour. Je n'aperçois personne. Je crevais de peur que ce soit Junior ! Il aurait tout répété à son père.

Tous retournent s'asseoir en cercle dans le poulailler.

— Au fait, les jumeaux ! lance Annie, frappée d'un brusque souvenir. M. Francville prétend que, parmi les objets sauvés de l'incendie, il y avait une vieille porte de chêne. C'est celle de la cuisine ?

— Oui... acquiesce Daniel. Vous ne l'avez pas remarquée parce qu'elle est toujours ouverte et qu'elle donne sur un petit couloir très sombre. C'est bien possible qu'elle vienne du château : elle est très épaisse et très solide. Je me demande si papa se rend compte que c'est une antiquité...

— On lui demandera, décide sa jumelle. Et si on cherchait l'emplacement du château ? Ce serait génial de le trouver ! La ferme appartient à notre famille depuis des siècles... S'il y a des coffres pleins d'objets précieux dans les souterrains, je suppose qu'ils nous appartiennent, non ?

— Exact, confirme François.

— On les vendrait et, avec l'argent, on rachèterait les champs de nos ancêtres ! s'écrient les jumeaux. Et puis on aurait de quoi payer un tracteur neuf.

— On devrait commencer à enquêter tout de suite ! dit Claude d'une voix si excitée que Dagobert se redresse et aboie.

— On a tout notre temps ! tempère Mick. Personne ne sait rien de ces souterrains, sauf nous.

Malheureusement il se trompe. Junior a tout entendu... Pire encore, il a l'intention de révéler le secret à son père le plus tôt possible.

— J'espère vraiment qu'on trouvera le trésor, confie l'aîné des Cinq, les yeux brillants. Une chose est sûre : j'en rêverai cette nuit !

— Ha ! Si au moins dans ton rêve tu voyais sa cachette ! complète son frère en riant. Demain matin, tu pourrais nous y conduire. Vous n'avez aucune idée, les jumeaux ?

— Non, admettent-ils, désolés. Dans le temps, la propriété était vaste. Elle comprenait presque tous les champs des environs.

— Alors il faudra explorer d'abord les collines, annonce François. Les châteaux forts étaient toujours construits sur une hauteur pour que les guetteurs voient les ennemis de loin. M. Francville a dit à Claude et à Annie que la châtelaine s'était enfuie avec ses enfants ; la chapelle où elle s'est réfugiée ne devait pas être très loin. Si on commençait d'abord par là ?

— Moi, je retourne à la maison, déclare Annie. Je veux aider Mme Durand à cueillir des framboises et des groseilles pour le dîner...

La fillette occupe le reste de l'après-midi à récolter des baies pendant que les autres terminent leur bricolage dans le poulailler. François, Mick, Claude et les Daniels rentrent pour le goûter, fatigués mais contents d'eux. La benjamine des Cinq les attend avec impatience.

— J'ai jeté un œil à la vieille porte ! s'écrie-t-elle. Venez la voir. Je suis sûre qu'elle vient du château.

Elle entraîne ses compagnons vers le lourd battant de bois qui s'ouvre sur un petit couloir. Elle essaie de la fermer mais le vantail est si lourd qu'Annie doit faire un effort pour le pousser. La porte est en chêne terni par les décennies. De grosses ferrures lui donnent un aspect un peu effrayant. Du côté extérieur, Claude aperçoit un heurtoir massif. Elle l'observe d'un air intrigué, le soulève et le laisse retomber. Un bruit puissant retentit dans la cuisine et fait sursauter les autres.

— Qu'est-ce que c'est ? questionne Annie.

— Au XIIe siècle, les gens n'avaient pas de sonnette d'entrée, explique sa cousine. Alors, ils frappaient la porte avec ce marteau. Et...

— Attention ! souffle Mick. Voilà Junior ! Son large sourire me dit qu'il prépare un mauvais coup. Mais quoi ?

chapitre 12

Étrange découverte

Pendant le goûter, François parle de la vieille porte à Mme Durand.

— Elle est très belle, déclare-t-il. Vous croyez qu'elle vient du château fort ?

— C'est ce qu'on dit, répond la fermière. Papy en sait plus que moi à ce sujet.

Le grand-père n'a pas pris place à table. Il est assis dans son grand fauteuil près de la fenêtre, Friquet à ses pieds. Il fume paisiblement sa pipe.

— Qu'est-ce qu'il y a ? lance-t-il d'une voix sonore. Parlez plus fort.

François répète les paroles de Mme Durand ; le vieillard hoche la tête.

— Oui, la porte vient du château fort. Elle est en chêne comme les poutres des granges et les parquets des chambres. Ce M. Henning veut aussi l'acheter ! Il

95

m'a proposé une grosse somme, cent dollars. Même s'il me donnait le triple, je n'accepterais pas !

— Du calme, papy, intervient la maîtresse de maison et elle ajoute tout bas à François : Parle d'autre chose, sinon, il va encore se mettre en colère.

Le garçon se creuse la tête pour trouver un sujet de conversation. Soudain, il pense au poulailler. Il se hâte de décrire les travaux de l'après-midi. Le grand-père s'apaise aussitôt ; il daigne même complimenter les jeunes bricoleurs.

Friquet sort de la cachette où il s'était réfugié, effrayé par les cris, et retourne s'installer aux pieds de M. Francville. Dagobert le rejoint.

Le vieil homme est maintenant tout à fait tranquille : il tire lentement sur sa vieille pipe, et caresse tour à tour les chiens.

M. Henning ne revient pas à la ferme ce soir-là, à la grande joie de tous, mais le lendemain avant le déjeuner il reparaît, accompagné d'un petit homme rabougri qui porte d'épaisses lunettes. Son ami le présente à Mme Durand :

— Voici le *grand* Richard Durleston, annonce-t-il avec fierté. C'est l'expert en antiquités le plus réputé des États-Unis. J'aimerais lui faire voir votre vieille porte après le déjeuner, ainsi que la belle cheminée de la chambre du premier étage.

Heureusement, le grand-père n'est pas là. Le repas terminé, la fermière montre la grosse porte en chêne au nouveau venu.

— Hmm... fait-il en tâtant le bois. Elle est tout à fait authentique. Et très belle. Je vous en offrirai une grosse somme.

Mme Durand voudrait bien accepter. Ce serait une telle aubaine pour la ferme ! Mais elle secoue la tête.

— Il faudra en parler à papy, explique-t-elle. J'ai bien peur qu'il ne refuse. Venez, je vais vous montrer la cheminée.

Elle fait monter les Américains dans la chambre des filles. Les Cinq suivent avec Dagobert. Ils ont déjà admiré l'énorme foyer. L'âtre est assez vaste pour y brûler un tronc d'arbre. L'ensemble est en briques sculptées et patinées par les siècles. La grille est en fer forgé, tout comme les accessoires – une petite pelle, des pincettes, un soufflet. Des chandeliers de cuivre servent d'ornement.

Les deux hommes examinent attentivement chaque détail. Les enfants les imitent.

Mme Durand, un peu à l'écart, attend, l'air anxieux. Annie devine qu'elle ne se séparera pas sans tristesse de ces souvenirs de famille, mais qu'elle s'y résignera dans l'intérêt de la ferme.

— C'est très intéressant, conclut M. Durleston. Il est rare de trouver une antiquité en aussi bon état. Je vous conseille de l'acheter, monsieur Henning. Cette vieille maison est très pittoresque. Nous jetterons un coup d'œil dans les granges et dans les hangars. Nous y dénicherons peut-être des objets intéressants.

Claude se réjouit que les jumeaux ne soient pas là pour entendre ces paroles. Comme leur grand-père, ils auraient piqué une rage contre ces acheteurs. La fermière fait redescendre ses hôtes. Les jeunes pensionnaires suivent.

— Vous permettez que je conduise Richard à la vieille chapelle ? demande le père de Junior.

Mme Durand hoche la tête. Elle retourne dans la cuisine afin de préparer un gâteau pour le goûter. Les Cinq échangent un regard, et François, d'un signe de tête, désigne les deux hommes qui s'éloignent.

— Si on y allait aussi ? chuchote-t-il. On n'a pas encore vu la chapelle.

Quelques minutes plus tard, ils arrivent devant un petit édifice au haut fronton et aux belles fenêtres en ogive. Ils entrent sur la pointe des pieds, puis s'arrêtent pour jeter un coup d'œil autour d'eux.

— Drôle d'atmosphère... murmure Annie. On croirait entendre encore des prières. Dommage que cette chapelle ne serve plus qu'à stocker des céréales !

Une voix grave se fait entendre au fond de l'édifice.

— Le vieil antiquaire du village m'a raconté que la châtelaine venait tous les soirs ici avec ses enfants, explique M. Durleston. Simple légende peut-être... Je me demande quel chemin conduisait au château. Il ne reste plus rien.

— Les pierres de cette chapelle sont sculptées... commente M. Henning en tâtant un mur. Je voudrais les remporter aux États-Unis ! Je les vendrais très cher aux plus grands antiquaires new-yorkais.

— Mauvaise idée, proteste son ami en secouant la

98

tête. On vous accuserait d'avoir pillé un lieu de culte. Allons plutôt visiter ces hangars là-bas. Vous dites qu'ils sont encombrés de bric-à-brac. Nous y ferons peut-être des trouvailles.

Ils s'éloignent ; les enfants restent dans la petite chapelle. Des sacs de grains s'entassent sur les dalles. Un chat sommeille dans un coin, une tourterelle roucoule sous le toit sans troubler le silence. Au bout d'un moment, les jeunes vacanciers sortent sans bruit ; ils n'ont plus aucune envie de suivre M. Henning dans sa tournée.

— Ce type ne pense vraiment qu'à l'argent ! constate Claude, furibonde.

— Tu es aussi remontée que le vieux grand-père ! raille François en prenant le bras de sa cousine. De toute façon, je ne crois pas que les Durand accepteraient de détruire la chapelle, même si Henning leur offrait des milliers de dollars.

— Puisqu'on est dehors, profitons-en pour chercher l'emplacement du château, décide Mick. Ça ne peut pas être très loin de la chapelle.

— Oui, et sur une colline, rappelle l'aîné des Cinq.

— Mais il y a des tas de collines autour de la ferme ! lance Annie, découragée.

— Explorons la plus proche, propose Claude. Ah ! Voilà les jumeaux. Ouhou ! Les Daniels ! Venez !

Les jeunes fermiers s'approchent et acceptent avec joie de se joindre aux recherches.

— D'abord, on va gravir le mont le plus proche.

99

Dago, Friquet, suivez-nous, annonce l'aîné de la bande.

— Voilà Zoé ! s'exclame Annie. Ah ! non ! pas sur moi, Zoé ! Je tiens à mes oreilles.

— Crâ ! crâ ! réplique la pie.

Elle se perche sur l'épaule de Danièle. Tous se dirigent vers le sommet de la colline sans voir autre chose qu'une herbe verte et luxuriante. Puis, une butte se dresse sur leur chemin. À sa base, on aperçoit de nombreux terriers de lapins.

Dagobert ne peut pas résister à un terrier : il *faut* qu'il s'y faufile ! Avec Friquet, il se met à gratter le sol avec frénésie. Le caniche est assez petit pour disparaître le premier dans le trou. Il en ressort avec un morceau de poterie entre les dents ! François, étonné, saisit l'objet.

— Un pot cassé, analyse-t-il. Retourne là-dedans, Friquet. Gratte plus fort, Dagobert. J'ai une idée.

Ce dernier obéit tout de suite. Chaque fois que Friquet s'extrait de la cavité, il tient dans sa gueule un nouveau fragment de poterie. Il rapporte aussi des os de toutes tailles.

— Bizarre... marmonne Mick. On dirait de vieux déchets...

— Mais oui ! s'écrie Claude, en ramassant quelques débris. Ce trou devait être un dépôt d'ordures ! Notre professeur d'histoire nous en a parlé juste avant les vacances. C'est là qu'on enfouissait les détritus des maisons ou des châteaux forts. Très bon indice !

— Un indice ? répètent les autres, perplexes.

— Réfléchissez un peu ! reprend la jeune fille. Le dépôt n'était sans doute pas très loin du château ! On est sur une piste ! Montons un peu plus haut. Examinons le terrain, centimètre par centimètre.

chapitre 13

La vengeance de Junior

L'excitation des six enfants est communicative : Dagobert se met à aboyer de toutes ses forces et Friquet l'imite ; la pie se trémousse sur l'épaule de Daniel avec des cris aigus. Junior, qui a vu partir le petit groupe et le suit de loin, stoppe net, surpris, et se cache derrière une haie. Pourquoi tant d'agitation ? Qu'ont trouvé les deux chiens ?

Il constate que les jeunes aventuriers se séparent pour gravir la colline, en s'arrêtant à chaque pas. Dago marche derrière Claude, très intrigué. Si ses compagnons lui expliquaient ce qu'ils cherchent, il pourrait les aider. Junior reste tapi dans l'ombre. Il sait que, s'il s'approche trop, Dagobert flairera sa présence.

Soudain, les Daniels poussent un hurlement. Les autres se retournent ; les jumeaux les appellent en faisant de grands gestes.

— Venez voir ! Vite !

Tous se dépêchent de les rejoindre, à environ cinquante mètres du sommet de la colline.

— Regardez, dit Daniel, en décrivant un cercle avec son bras. La forteresse était sûrement ici.

Les Cinq observent une sorte de cratère dans le sol que leur indiquent les jumeaux. Il est certainement assez vaste pour avoir formé la base d'un édifice. Des herbes, plus drues et plus vertes que les autres, tapissent cette surface affaissée.

— Vous avez raison, les jumeaux, estime Claude. C'est là que se situait le château. Mais pourquoi le sol s'est enfoncé ?

— À cause du poids du bâtiment, fait remarquer sa cousine.

— Ce n'est pas trop loin du dépôt d'ordures ? questionne Mick, en se retournant pour mesurer la distance.

— Non, au contraire, répond l'aîné des Cinq. Comme aujourd'hui, il ne fallait pas que le dépôt soit trop près, à cause des mauvaises odeurs. Les Daniels, je suis presque sûr que vous avez trouvé l'emplacement du château ! Si ça se trouve, les souterrains sont juste sous nos pieds !

Rouges d'émotion, les jeunes fermiers contemplent solennellement le creux envahi par les herbes.

— Pas possible... murmurent-ils ensemble. Ce terrain est à nous ! Les oubliettes et leurs trésors sont enfouis sous notre champ ! Que va dire maman ?

— Enfin, plus de soucis pour elle ! réplique Mick. Mais attention, il ne faut pas éveiller les soupçons de

104

M. Henning. Allons demander à Roger de nous prêter des pioches et des pelles.

— Mais qu'est-ce qu'on lui dira ? questionne sa sœur. Il voudra savoir à quoi ces outils nous serviront !

— On inventera quelque chose. On expliquera qu'on veut s'amuser à faire des fouilles parce qu'on a trouvé des morceaux de vieilles poteries sur la colline.

Tout le monde acquiesce.

— Vous vous rendez compte ? lance Claude. On va bientôt savoir si on a découvert le véritable emplacement du château.

— Eh ! l'interrompt Mick. Ce n'est pas Junior, qui court là-bas ? Oui, c'est lui. Il nous a espionnés !

— Oh, ne t'inquiète pas, le rassure François. Il ne sait même pas ce qu'on cherche. Il nous surveille, c'est tout.

Mais l'aîné des Cinq se trompe. Le jeune Américain est très bien renseigné puisqu'il a entendu la conversation des enfants dans le poulailler. Et il a déduit des mines réjouies de ses ennemis qu'ils ont découvert les oubliettes. Maintenant, il court à toutes jambes pour raconter à son père le résultat de son espionnage.

Devant la ferme, M. Henning et M. Durleston parlent encore de la vieille cheminée.

— Elle vaut la peine d'être achetée, explique ce dernier. Vous pourrez la revendre au Metropolitan Museum de New York. Elle est très belle, très ancienne et...

— Papa, papa, écoute ! hurle Junior en s'élançant vers les deux hommes.

L'expert ne cache pas sa contrariété. Il fronce les sourcils. Le jeune garçon se suspend au bras de son père.

— Papa ! halète-t-il. Je sais où était autrefois le château ! Les autres enfants ont retrouvé l'emplacement et il y a des oubliettes en dessous et des souterrains pleins de trésors !

— Qu'est-ce que tu racontes ? demande Henning ennuyé d'être interrompu dans sa conversation. Tu dis des bêtises.

— Non, non ! Ils en parlaient tous les six dans le poulailler... Papa, ils ont trouvé un dépôt d'ordures qui appartenait au château.

— Un dépôt d'ordures ? intervient M. Durleston, brusquement intéressé.

— Oui ! réplique Junior, triomphant. Avec des os et des fragments de poterie. Ensuite ils ont cherché l'emplacement du château... Ils ont dit que ce n'était sûrement pas très loin...

— Ils ont eu raison, approuve l'expert. C'est extrêmement intéressant. Cher ami, si vous obteniez la permission de faire des fouilles, ce serait...

— La gloire ! l'interrompt M. Henning, les yeux brillants. Je vois d'ici les unes des journaux : « Un Américain découvre les caves d'un vieux château où s'entassent des coffres remplis d'or... »

— Pas si vite, pas si vite ! tempère l'autre. Il faut d'abord s'assurer que ces oubliettes existent. Pour l'instant, pas un mot à la presse ! Sinon, d'autres amateurs d'antiquités lanceront leurs propres recherches.

— Je n'avais pas pensé à cela, reconnaît le père de Junior tout penaud. Je serai prudent. Que conseillez-vous ?

— Je vous conseille de parler à M. Durand... pas au vieux grand-père, mais au fermier lui-même... Offrez-lui de l'argent pour avoir l'autorisation de creuser là-bas sur la colline. Par exemple cinq cents dollars. Puis, si vous trouvez quelque chose d'intéressant, vous lui proposerez encore cinq cents dollars pour le contenu des souterrains.

— D'accord, dit M. Henning au comble de l'émotion. Vous resterez ici pour me dire si mes trouvailles ont de la valeur, n'est-ce pas ?

— Évidemment, assure l'expert. Tant que vous êtes prêt à me payer... Il serait peut-être préférable que je discute moi-même avec le fermier. Venez avec moi, mais laissez-moi parler.

— Oui, oui, chargez-vous de tout ! Il *faut* que je mette la main sur le trésor des caves de Francville !

Il pose la main sur l'épaule de Junior.

— Bravo, fiston ! Tu nous as rendu un grand service. Mais, motus et bouche cousue, n'en parle à personne !

— Promis, rétorque le jeune Américain avec un sourire en coin. Tu me prends pour qui ? Je suis bien trop content de me venger de ces sales idiots ! Vous devriez monter en haut de la colline. M. Durleston saura tout de suite s'ils se sont trompés ou non.

107

Une fois les six enfants et les chiens rentrés à la ferme, M. Henning et son ami partent avec Junior pour examiner le dépôt d'ordures et l'emplacement du vieux château. M. Henning ne peut contenir sa joie. L'expert lui-même se déride ; il hoche la tête avec animation.

— C'est bien cela, j'en suis persuadé, annonce-t-il en contemplant la zone affaissée. Nous parlerons au fermier ce soir, quand le grand-père sera couché. Il pourrait nous mettre des bâtons dans les roues. Malgré son âge, il comprend tout ce qui se passe.

Le soir, après le dîner, quand le vieillard est monté dans sa chambre, M. Henning et M. Durleston ont une conversation secrète avec M. et Mme Durand. Le fermier et sa femme ont la plus grande surprise de leur vie. Quand ils apprennent que leur pensionnaire est prêt à leur verser cinq cents dollars pour avoir le droit de faire quelques fouilles, la fermière est si heureuse qu'elle en a les larmes aux yeux.

— Vous obtiendrez encore plus d'argent si nous découvrons quelque chose dans ces souterrains, conclut l'expert.

— C'est presque trop beau pour être vrai, murmure Mme Durand. La ferme a besoin de tant de réparations...

M. Henning sort son chéquier et son stylo. Il rédige le chèque et le tend au fermier.

— Mes ouvriers commenceront les fouilles dès demain, décrète-t-il d'une voix solennelle.

108

Le lendemain, Mme Durand annonce la nouvelle aux jumeaux. Tous deux sont frappés de stupeur ; ils s'empressent d'informer leurs quatre amis. Ceux-ci les écoutent, étonnés et furieux.

— Alors, ils ont deviné tout ça ? déclare Mick. Je parie que c'est Junior qui les a mis sur la piste. À mon avis, il nous a espionnés.

— Il n'y a rien à faire, remarque Claude d'une voix irritée. On va voir arriver des camions pleins d'ouvriers avec des bêches et des foreuses !

Elle ne se trompe pas. Le matin même, la colline devient le centre d'une vive animation. M. Henning a déjà embauché quatre hommes qui stationnent au bord de la zone affaissée, à une cinquantaine de mètres du sommet du petit mont. Des pioches, des pelles, des perceuses sont entassées dans le fourgon. Junior, fou de joie, danse et défie de loin les six enfants.

— Vous pensiez que je ne savais rien, hein ? Bande de crétins ! J'ai tout entendu ! C'est bien fait pour vous !

— Dagobert, attaque ! ordonne Claude d'une voix furieuse. Mais attention, ne le blesse pas. Allez !

Le chien détale ; si Junior n'avait pas déjà bondi dans le camion, l'animal lui aurait attrapé les mollets !

Que faire maintenant ? Les enfants sont découragés. Tous sauf François... pourquoi a-t-il les yeux si brillants ?

chapitre 14

Friquet et Zoé font de leur mieux

— Écoutez, dit François en baissant la voix et en jetant un regard méfiant autour de lui pour s'assurer que personne ne l'entend. L'antiquaire a parlé d'un passage secret qui allait du château à la vieille chapelle, c'est bien ça ?

Annie hoche la tête.

— Oui, oui, répond-elle. M. Francville nous l'a raconté dans sa boutique : la châtelaine a sauvé ses enfants la nuit de l'incendie en les conduisant à la vieille chapelle par un passage souterrain. Tu crois qu'il existe toujours ?

— Alors, c'est simple, reprend son frère. Le tunnel doit partir des oubliettes, donc de l'intérieur du château ! La châtelaine n'a pas pu s'échapper d'une autre façon puisque les Anglais cernaient la forteresse. Ça signifie...

— ... qu'en trouvant ce souterrain, on pourra entrer

nous-mêmes dans les caves, peut-être avant les ouvriers ! s'écrie Claude d'une voix joyeuse.

— Exact, acquiesce François, le regard de plus en plus étincelant. Pour l'instant, restons calmes, et guettons Junior.

— Dagobert, surveille ! ordonne sa maîtresse.

Immédiatement, le chien dresse les oreilles et scrute dans toutes les directions. Si quelqu'un approche, il aboiera pour avertir ses amis.

Les jeunes enquêteurs s'asseyent à l'ombre d'une haie.

— Tu as pensé à un plan ? questionne Mick.

— Oui, répond l'aîné des Cinq. Allons à la vieille chapelle ; de là, on cherchera des détails qui indiquent l'entrée du passage secret. Au plus petit indice, on creusera !

— Bonne idée ! estime Claude. Vite ! à la chapelle !

Ils partent. Dagobert, Friquet et la pie Zoé les suivent. En quelques minutes, ils arrivent à l'ancienne église.

Debout sur le seuil de la porte, François désigne la colline du doigt.

— Vous voyez l'endroit où le vieux château s'élevait ? dit-il. Les ouvriers y sont déjà. Ils ont commencé très tôt à forer le sol. On va avancer dans leur direction en suivant une ligne droite. Logiquement, on sera plus ou moins au-dessus du tunnel.

— Tu es sûr que le souterrain est en ligne droite ? questionne Annie, sceptique.

— Non, mais ça vaut le coup d'essayer ! On doit

112

traquer les moindres signes de l'existence du tunnel ! En route !

Ils marchent lentement, en scrutant le sol.

— Zoé ! rouspète Mick. Arrête d'embêter le caniche. Roule-toi par terre, Friquet, pour te débarrasser d'elle.

— Crâ ! crâ ! rétorque la pic en s'envolant.

Les jeunes aventuriers gravissent la colline en ligne droite. Ils arrivent tout déçus, à l'endroit où les ouvriers s'affairent sans avoir trouvé le moindre indice. Junior aperçoit la petite bande.

— Vous n'êtes pas autorisés à venir ici ! lance-t-il. Dégagez ! Papa a acheté ce terrain.

— Menteur ! répliquent les Daniels. Il a le droit de *creuser*, c'est tout.

Dagobert aboie ; le fils de M. Henning se dépêche de disparaître. Claude éclate de rire.

— Quel crétin ! Je parie qu'il embête les ouvriers. Regardez-le ! Il essaie de se servir d'une foreuse !

En effet, Junior est plutôt insupportable. Il gêne les travaux. Exaspéré, son père le fait monter dans un camion en lui donnant l'ordre de ne plus bouger. Il proteste mais, comme personne ne fait attention à ses cris, il finit par se calmer.

Les Cinq et les jumeaux redescendent lentement la pente de la colline, les yeux toujours fixés sur le sol. Ils refusent d'abandonner tout espoir. Perchée sur l'épaule de Daniel, la pie pousse des cris aigus. Soudain elle remarque que Friquet s'arrête pour se gratter vigoureusement le cou. Aussitôt elle se préci-

113

pite sur lui : c'est le moment ou jamais de lui donner un bon coup de bec !

Mais le chien lève la tête trop tôt ; il devine la tactique de l'oiseau, s'élance sur Zoé et attrape une de ses ailes.

— Crâ ! crâ ! fait la pie pour appeler au secours.

Daniel intervient.

— Lâche-la, Friquet, lâche-la ! ordonne-t-il. Tu vas la blesser.

L'oiseau se débat et réussit à asséner un coup de bec sur le museau de son agresseur. Le caniche desserre les dents pour gémir. Zoé saute par terre et détale, l'aile pendante, incapable de s'envoler.

Friquet se lance à sa poursuite. Les jumeaux l'appellent en vain. Le chien est bien décidé à mordre ce volatile effronté ! La pie cherche désespérément une cachette. Juste avant que son prédateur ne se jette sur elle, elle aperçoit un terrier de lapin et s'y précipite. Elle disparaît dans la cavité.

— Elle est entrée dans ce trou ! commente Mick avec un éclat de rire. C'est une rusée, cette Zoé ! Elle t'a bien eu, mon pauvre Friquet !

Mais le caniche ne s'avoue pas vaincu. Il plonge à son tour dans le terrier, sans trop de peine, car il n'est pas plus gros qu'un lapin.

Les enfants restent ébahis. Les jumeaux se penchent au-dessus de la cavité pour crier :

— Reviens, Friquet ! Sors de là, Friquet, tu entends ?

Aucune réponse.

— Ils se sont enfoncés très profondément, constate Daniel, inquiet. Ces terriers sont de véritables labyrinthes. Friquet, reviens !

— Ils vont bien finir par ressortir, estime Annie.

Elle bâille et ajoute :

— Si on s'asseyait jusqu'à leur retour ? Je suis épuisée.

— D'accord, acquiesce François. Qui veut des bonbons ?

— Moi ! réagit Claude. C'est des caramels ? Vous en voulez, les jumeaux ?

— Oui ! répondent les Daniels. Dans cinq minutes, on retourne à la ferme. Papa nous a demandé de l'aider à sortir les vaches de l'étable.

Les enfants sucent leurs bonbons en se demandant ce que font la pie et le caniche. Enfin Dagobert dresse l'oreille et gronde, les yeux fixés sur l'entrée du terrier.

— Ça y est ! Ils reviennent, annonce sa maîtresse. Dago flaire.

En effet, Friquet et Zoé réapparaissent. Ils semblent être devenus les meilleurs amis du monde ! Le petit chien se précipite vers les jumeaux comme s'il ne les avait pas vus depuis des années. Il dépose quelque chose à leurs pieds.

— Qu'est-ce que tu as trouvé ? interroge Danièle. Un vieil os ?

Mick lui arrache presque l'objet des mains.

— Un os ? Non, ce n'est pas un os ! C'est un petit poignard sculpté ! Le manche est cassé. Il a l'air drôlement vieux !

115

— La pie ramène aussi quelque chose ! ajoute Annie en montrant Zoé. Regardez... dans son bec !

Claude saisit facilement la pie qui traîne encore l'aile.

— Une bague ! s'écrie-t-elle. Une bague ornée d'une pierre rouge !

Les enfants restent stupéfaits devant ces deux étranges trouvailles. Un couteau ouvragé, noirci par l'âge, une bague sertie d'un rubis !

— Friquet et la pie ont trouvé les caves du château ! conclut la maîtresse de Dago en bondissant d'excitation. Ce terrier mène au tunnel ! Et le tunnel conduit aux caves du château !

— Claude a raison, approuve Mick, transporté. Friquet et Zoé ont découvert le passage souterrain ! Et ils ont la preuve que les caves contiennent encore des bijoux et des armes !

— C'est ça ! constate l'aîné des Cinq, rouge d'émotion.

— Bravo, Friquet ! Bravo, Zoé ! félicite Annie. Regardez la pie, elle recommence à voleter ; sa blessure n'est pas très grave.

— Qu'est-ce qu'on fait, maintenant ? questionne François. On commence à creuser ? Visiblement, le passage secret n'est pas très loin... Une fois qu'on y sera, on atteindra facilement les caves... avant M. Henning !

À cette idée, tous se mettent à danser de joie. Dagobert les observe d'un air ébahi, se demandant s'ils deviennent fous.

chapitre 15

Le passage secret

— Les jumeaux, vous pouvez nous prêter des pioches ? demande Claude.

— Oui, vous pourrez prendre les nôtres et les vieilles bêches dont papa ne se sert plus, répond Daniel. On voudrait bien vous aider mais on est déjà en retard.

— Moi, je rentre à la ferme avec vous, déclare Annie. Je suis trop fatiguée pour me lancer dans des fouilles !

— Comme tu veux, réagit François. Cet après-midi, tu nous donneras un coup de main.

— Nous aussi, on viendra ! décrète Daniel. Papa n'aura plus besoin de nous après le déjeuner.

— Je vous apporte les pioches dans cinq minutes, propose sa sœur.

Ils s'en vont en courant, Friquet sur leurs talons.

Annie descend la colline plus lentement, plongée dans ses pensées.

« Ce serait super, si on retrouvait le passage secret qui relie la chapelle et les caves du vieux château ! » songe-t-elle.

Danièle revient avec deux grandes pioches et deux petites pelles. Les outils sont très lourds et la jeune fille transpire un peu.

— Merci ! Tu es vraiment costaud... euh... costaude... balbutie Mick en saisissant les ustensiles. Oui ! c'est bien ça, tu es Danièle-fille : pas de cicatrice à la main !

Celle-ci éclate de rire et court rejoindre son frère et son père qui s'affairent déjà auprès des vaches.

— Allez ! Au boulot ! lance François. Ouf ! La terre est dure ! Dommage qu'on ne puisse pas emprunter une des foreuses de M. Henning.

Ils enfoncent leurs pioches dans la terre. Bientôt en nage, ils se débarrassent de leurs pulls.

— On a déjà fait un grand trou ! constate l'aîné des Cinq au bout d'un quart d'heure. Tu crois que le tunnel est très profond ?

— J'espère que non... articule son frère en s'essuyant le front.

— Tiens, voilà Junior ! souffle Claude brusquement.

En effet, le jeune Américain s'approche. Il s'arrête à quelques mètres.

— Qu'est-ce que vous faites ? Pourquoi vous creusez sur notre colline ?

— Va te balader, riposte Mick. Ce n'est pas ta colline. On a le droit de creuser, comme ton père et toi.

— Vous voulez nous imiter ? lance Junior. Ha ! Papa va se tordre de rire quand je lui raconterai ça !

— C'est ce qu'on verra ! hurle Claude. Va-t'en, ou je lance mon chien à tes trousses !

L'autre s'éloigne, sans doute pour avertir son père.

— M. Henning ne connaît pas l'existence du passage secret ; il croira qu'on est fous, dit François en riant.

Ils se remettent à creuser.

— J'espère qu'on arrivera bientôt au bout de ce terrier. Pourvu qu'il conduise au tunnel ! Le sol est incroyablement difficile...

— Ici, il devient sablonneux, affirme François d'un ton de satisfaction.

Soudain il pousse un cri.

— Le passage secret ! Je crois que j'y suis ! La pioche a failli me tomber des mains !

C'est vrai ! Le terrier communique avec le tunnel. Les garçons continuent d'approfondir la cavité qu'ils ont forée, fébriles et haletants, les cheveux sur les yeux, de grosses gouttes de sueur coulant sur leur front. Bientôt ils trouvent un trou profond et large qui rejoint une sorte de couloir souterrain. Ils s'allongent par terre pour mieux voir.

— C'est bien ça ! On y est ! se réjouit Claude. Je croyais qu'on serait obligés de continuer beaucoup plus. Ouf ! Il fait chaud !

119

— L'heure du déjeuner doit approcher, estime l'aîné des Cinq. Je meurs de faim.

— Moi aussi, ajoute Mick. Mais si on laisse le trou sans surveillance, cet escroc de Junior trouvera le passage...

— Dago pourrait monter la garde jusqu'à notre retour, propose leur cousine.

— Bonne idée, approuvent les garçons.

Ils remettent leurs pulls pour retourner à la ferme. Ils pourront déjeuner sans inquiétude ; le trou sera bien gardé.

— Reste là, Dag ! ordonne sa maîtresse. Aboie très fort si quelqu'un vient.

— Ouah ! ouah ! réplique le chien, fier qu'on lui confie cette mission.

Il s'installe à côté de l'excavation, prêt à la défendre.

Quelques minutes seulement après le départ des enfants, Dagobert dresse les oreilles et lève le museau en l'air : il a flairé la présence d'intrus. En effet, M. Henning, M. Durleston et Junior approchent à pas de loup. Mais quand ils voient le chien bondir, les poils hérissés, les trois Américains battent en retraite. Junior lance une pierre à Dago, puis il s'enfuit à toutes jambes en voyant l'animal dévaler la pente.

La dernière bouchée avalée, les jumeaux, François, Mick, Claude, Annie et Friquet remontent sur la colline. Claude apporte à son chien deux beaux os et une cruche d'eau. Sans attendre, Dagobert entame son

120

déjeuner. Friquet danse autour de lui, dans l'espoir que son ami lui laissera une petite part de ce festin. La pie, dont l'aile est à présent guérie, vole en cercle autour des jeunes explorateurs. Les jumeaux arrivent en courant et s'exclament à la vue du grand trou.

— Beau travail ! félicitent-ils. Si on descendait, maintenant ?

— Oui, c'est le bon moment, approuve François. Les ouvriers sont allés déjeuner à l'auberge du village ; ils ne sont pas encore revenus.

— Je passe le premier, décrète Mick.

Il s'enfonce dans la cavité. Cramponné des deux mains au bord couvert d'herbes, il agrandit avec ses pieds l'ouverture pratiquée dans le tunnel. Puis il introduit ses jambes et saute. Il tombe sans se faire mal sur la terre molle ; une odeur de moisi le saisit à la gorge.

— J'y suis ! crie-t-il. Vite, de la lumière ! Il fait tout noir ! Tu as pensé aux lampes de poche, Claude ?

L'adolescente en a apporté quatre.

— Attrape ! crie-t-elle.

Elle la lance tout allumée. Mick la saisit adroitement et promène le rayon lumineux autour de lui.

— Je suis bien dans un tunnel ! annonce-t-il. Pas de doute, c'est le passage secret ! Génial ! Descendez tous ; il faut qu'on soit ensemble pour explorer. On ira jusqu'aux caves du château. Venez, venez vite !

chapitre 16

Les souterrains du château

Mick lève le faisceau de sa lampe pour éclairer ses compagnons. Un à un, ils glissent dans le tunnel obscur. L'émotion leur serre la gorge. Dagobert et Friquet descendent à leur tour ; moins courageuse, la pie se perche au bord de l'excavation en poussant des cris aigus.

Les jeunes aventuriers restent un moment immobiles pour reprendre leur souffle et s'orienter.

— C'est forcément le passage souterrain qui conduit à la vieille chapelle, déclare François.

Ils doivent tous se courber, à l'exception de Dagobert, car le plafond est très bas. Sans trop s'éloigner de Claude, le chien flaire de tous côtés.

— Venez, lance Mick d'une voix un peu tremblante. Suivons ce tunnel ; on verra bien où il conduit !

Ils se mettent en marche ; ils n'avancent pas vite à cause des obstacles qui se présentent sur le chemin.

Çà et là, la voûte s'est écroulée. Il faut contourner les éboulements et les grosses racines saillantes.

— Eh ! s'exclame Annie. Qu'est-ce que c'est que ça, par terre ? Deux plumes ? Ici ? Le temps ne les a même pas ternies !

En effet, deux plumes noires, lisses et étincelantes, reposent sur le sol. Quel mystère ! Des oiseaux ont-ils trouvé le moyen de pénétrer dans ce souterrain ? Soudain Claude éclate de rire et tous sursautent.

— Qu'on est bêtes ! Elles sont à Zoé ; elles ont dû tomber de son aile blessée quand Friquet la poursuivait.

— Oui ! Tu as raison ! approuvent les autres.

Ils continuent leur route. Soudain Mick, qui marche en tête, fait une nouvelle halte. Un bourdonnement étrange résonne, accompagné d'une vibration sourde.

— On entend quoi, là ? questionne Annie, effrayée.

Ses compagnons ne sont pas rassurés non plus. Le vrombissement donne mal à la tête. Ils se bouchent les oreilles, mais ils ont toujours la sensation que la terre tremble autour d'eux.

— J'ai peur ! lance la benjamine de la bande, paniquée.

Brutalement, le vacarme cesse. Tout le monde pousse un soupir de soulagement, mais cet apaisement est de courte durée. Le grondement mystérieux reprend de plus belle.

C'est alors qu'à la surprise générale Claude s'esclaffe.

124

— Ce sont les foreuses ! Elles sont juste au-dessus de notre tête ! Les ouvriers se sont remis au travail et ils creusent le sol !

Les autres rient de leur frayeur, mais Annie ne parvient pas à calmer les battements de son cœur ; ses mains tremblent encore.

— On respire mal, ici, affirmc-t-elle. Vivement qu'on arrive aux caves.

— Il n'y en a plus pour longtemps, la rassure François. On ne peut pas être loin du château, puisqu'on entend nettement les foreuses.

Ils en sont encore plus près qu'ils ne le croient. La lampc de Mick éclaire une grande porte qui gît sur le sol... L'ancienne porte des caves !

Le couloir s'arrête là. Les enquêteurs sont à l'entrée d'une vaste galerie où règne un silence solennel ; les rayons des torches électriques dissipent à peine les ombres.

— On y est, chuchote Claude.

Dans l'obscurité, un écho répète « y est... est... est ».

— Cette porte doit être très vieille... murmure l'aîné du groupe.

Il l'effleure du bout du pied ; aussitôt le coin qu'il a touché se désagrège.

Filant entre les jambes des Daniels, Friquet se précipite dans les caves. Il aboie comme pour dire : « Entrez, n'ayez pas peur, je suis déjà venu ici. »

— Avançons lentement, décide François. La charpente risque de s'effondrer... Le bois résiste mal au temps. D'ailleurs, cette porte est étonnamment bien conservée. Mais je suis sûr que si un de nous éternuait, elle s'effriterait d'un coup.

Prudemment, ils s'engagent dans les souterrains obscurs ; la clarté de leurs lampes de poche perce à peine les ténèbres épaisses.

— C'est immense, ici ! constate Claude. Mais je ne vois rien qui ressemble à des oubliettes.

—Tant mieux ! marmonnent ensemble les Daniels, qui ont peur de trouver des squelettes.

— Tiens, une arcade, indique Annie en promenant à droite le rayon de sa lampe. Une belle arcade de pierre. Et une autre. Je crois qu'on approche de la salle principale. Oh... cette odeur de moisi !

— Suivez-moi, et attention où vous mettez le pied ! recommande Mick en se dirigeant vers les voûtes.

Ils les franchissent et s'arrêtent sur le seuil d'une galerie spacieuse.

— Ça devait être une sorte d'entrepôt, remarque la maîtresse de Dago. Le plafond est soutenu par de grosses poutres ; quelques-unes sont tombées. Heureusement, les arcades de pierre ont tenu bon. Quand je pense qu'elles sont là depuis des siècles !

Ses compagnons l'écoutent à peine. Ce qui les intéresse surtout, c'est un fouillis d'objets recouverts de toiles d'araignées. Dagobert, en passant à côté, soulève un nuage de poussière. Friquet, qui trotte derrière lui en flairant partout, éternue bruyamment.

— Vous croyez qu'il y a des choses de valeur ? chuchote Annie.

126

Un écho répète les dernières syllabes.

— Tiens, quand on parle bas, l'écho se prolonge plus longtemps, remarque François. Eh ! qu'est-ce que c'est que ça ?

Ils projettent le faisceau de leurs lampes sur le sol où repose un tas de métal noirci. Mick sent son cœur battre plus fort et pousse une exclamation.

— Une armure ! Elle est toute rouillée mais il n'y manque rien ! Et dire qu'elle a au moins huit siècles ! En voilà une deuxième... et encore une autre ! Et là un casque !

Il le pousse doucement du pied ; le heaume roule un peu plus loin avec un cliquetis métallique.

— Vous croyez que ça a de la valeur maintenant ? demande Daniel anxieusement.

— Ça doit valoir une fortune, oui ! réplique François, exalté.

Annie, qui a continué à avancer, appelle à grands cris.

— Venez voir ce coffre. Vite !

Ils la rejoignent, sans se presser pour éviter les nuages de poussière fine et suffocante qui s'élèvent autour d'eux, chaque fois qu'ils font un mouvement rapide.

La fillette montre une malle en bois noircie par les siècles et cerclée de fer.

— Qu'est-ce qu'elle peut bien contenir ? souffle Danièle.

Dagobert vient renifler le coffre. Mick et François saisissent le couvercle. Les coins s'effritent légèrement. Les ferrures tombent sur le sol avec un bruit sourd. C'est étrange de voir se désagréger un objet aussi massif. Les garçons n'ont aucun effort à faire pour soulever le battant supérieur.

Le contenu du coffre apparaît. Une masse ambrée brille à la lueur des lampes. Bouche bée, les jeunes aventuriers osent à peine en croire leurs yeux. Annie attrape le bras de son frère aîné.

— Regarde ! articule-t-elle, stupéfaite. C'est de l'or ?

Le garçon se penche pour ramasser une petite pièce scintillante.

— Oui, je crois. L'or est un métal qui ne se ternit pas.

— C'est ici que les châtelains cachaient leur fortune ! s'écrie Claude. Personne n'a pu s'en emparer puisque les murs du château se sont écroulés par-dessus. Le trésor est resté intact pendant des siècles.

— Il nous attendait, ajoute Mick avec un clin d'œil. Les jumeaux, votre père et votre mère n'auront plus à s'inquiéter. Avec tout cet or, il y a de quoi racheter les champs vendus par vos ancêtres et payer tous les tracteurs dont vous aurez besoin !

— Je vois un autre coffre ! intervient Daniel. Il est plus petit et en très mauvais état.

Le contenu de la seconde caisse est différent... mais tout aussi précieux. L'un des côtés s'effondre quand les jeunes enquêteurs soulèvent le couvercle.

— Des bagues ! s'exclame Annie en ramassant deux anneaux qui ont roulé dans la poussière.

128

— Une ceinture d'or ! ajoute Claude. Des colliers de saphir ! C'est là que Zoé a ramassé la bague ornée d'un rubis !

— Moi aussi, j'ai fait une trouvaille ! crie Daniel à l'autre bout du souterrain. Des poignards ciselés !

Plusieurs râteliers d'armes sont fixés aux murs, quelques-uns de travers, car les clous qui les retiennent se sont détachés ; des épées gisent par terre. Friquet saisit un petit poignard dans sa gueule comme il l'a fait lorsqu'il a pénétré avec Zoé dans le souterrain.

— Elles sont belles, ces épées... murmure Mick qui se penche pour en saisir une. Et celle-là est tellement lourde ! Je peux à peine la soulever... Oh ! Attention !

Un gros morceau de bois dégringole du plafond, manquant de l'assommer de peu. En même temps, le vacarme des foreuses s'amplifie jusqu'à devenir insupportable. Claude pousse un cri.

— Il faut sortir d'ici ! lance-t-elle. Les ouvriers perceront bientôt le toit et on pourrait être ensevelis sous les ruines !

Mick décroche un poignard à un râtelier d'armes et, l'épée toujours à la main, il court vers le tunnel. Les autres membres du Club des Cinq le suivent. Les jumeaux viennent les derniers car ils ont pris le temps de ramasser une poignée de pièces d'or, deux colliers et deux épées. Ils veulent porter à leur mère un échantillon des trésors cachés dans le souterrain.

Ils viennent à peine de franchir les arcades que d'autres morceaux de bois chutent du plafond.

— Il faut faire arrêter les travaux, annonce François essoufflé. Si le toit s'écroule complètement, ces objets précieux seront détruits !

Tous se précipitent dans le passage secret, le cœur battant. Dagobert les précède, heureux de se retrouver bientôt à l'air libre et de revoir la lumière du soleil.

— Plus vite ! hurle l'aîné de la bande. Sinon, le trésor sera enfoui pour toujours... et nous aussi !

chapitre 17

Prisonniers du souterrain

Les six enfants avancent aussi rapidement que possible, en franchissant de nombreux obstacles ; le bruit des foreuses se fait entendre toujours plus fort. D'une minute à l'autre, les ouvriers perceront le toit ! Et alors, M. Henning, qui sans doute surveille anxieusement les travaux, découvrira le souterrain.

Mais quand ils arrivent à l'endroit où ils ont pénétré dans le tunnel, une terrible surprise les attend : le trou creusé par Claude et les garçons est bouché par une énorme masse de sable et de cailloux. François est stupéfié.

— Le terrier s'est effondré, analyse-t-il d'une voix tremblante. Comment faire ? On n'a aucun outil.

— Il faut se servir de nos mains, décide Mick.

Il se met à l'ouvrage. Mais plus il creuse, plus le trou se remplit de terre. Claude arrête son cousin.

131

— Ne continue pas, tu pourrais provoquer un éboulement. On serait tous enterrés vivants.

Les Daniels sont livides. Annie est au bord des larmes. Dagobert attend patiemment près de sa maîtresse. Enfin, fatigué de patienter, il s'éloigne... mais dans la direction opposée aux caves !

— Il va où ? questionne François, ébahi.

Le chien tourne la tête et regarde fixement ses compagnons

— Il veut qu'on le suive ! traduit Annie. On n'a exploré qu'une branche du passage, celle qui mène à la salle du trésor. Mais l'autre ? On ne sait pas où elle conduit !

— Allez, Dag ! lance Claude d'un ton déterminé. On te suit ! Dépêchons-nous, je suffoque ici !

Les autres lui emboîtent le pas. Friquet gambade derrière eux, ravi de cette expédition inhabituelle. Maintenant, le tunnel descend presque en ligne droite. Çà et là le plafond, dangereusement affaissé, oblige les enfants à se plier en deux et, à certains endroits à marcher à quatre pattes.

Brusquement, le tunnel prend fin. Les trois garçons et les trois filles se trouvent dans une petite cave mesurant environ deux mètres carrés. Mick regarde anxieusement le plafond. Il n'est pas très élevé, mais réussiront-ils à y percer une ouverture, sans l'aide du moindre outil ?

— Une trappe ! constate-t-il. Il y a une trappe, là-haut !

— Vous savez ce que je crois ? intervient Danièle. On doit être juste sous la vieille chapelle !

— C'est par-là qu'il faut sortir ! conclut Claude. C'est notre seule chance ! Les garçons, en tendant les bras, vous touchez le plafond ?

François, Mick et Daniel acquiescent.

— Très bien ! poursuit la maîtresse de Dago. Alors poussez la trappe de toutes vos forces !

Ils s'exécutent. Claude, sur la pointe des pieds, se joint à eux. Malgré leurs efforts, ils réussissent à soulever le battant de quelques centimètres seulement.

— Je sais pourquoi on n'y arrive pas ! halète Daniel, le visage empourpré. Le sol de la vieille chapelle est encombré d'énormes sacs de céréales et d'engrais chimiques.

— Vous connaissiez l'existence de cette trappe ?

— Non, reconnaissent les jumeaux. Personne ne savait. Elle a toujours été cachée par les sacs et la poussière.

— Et maintenant ? questionne Annie, la gorge serrée. On ne peut pas rester là.

— Écoutez, j'entends du bruit ! s'écrie Claude. Là-haut ! Des voix et des bruits de pas !

Ils tendent l'oreille. Une voix grave appelle :

— Viens m'aider, Roger !

— C'est Maurice, dit Daniel. Le deuxième ouvrier agricole. On dirait qu'il est venu chercher quelque chose dans la chapelle. Si on l'appelle tous ensemble, il va bien finir par nous entendre.

Un vacarme de cris et d'aboiements éclate

133

aussitôt. Puis les enfants se taisent pour écouter. La voix étonnée de Maurice leur parvient.

— Roger ! C'était quoi, ce chahut ? Un combat de rats ?

— C'est bon ! Ils nous ont entendus, constate François d'un ton satisfait. Recommençons. Aboie de toutes tes forces, Dago.

Le chien ne demande pas mieux ! Il en a assez des tunnels et des souterrains. Il fait un tel tapage que Friquet, effrayé, s'enfuit dans le couloir. Les jeunes aventuriers cognent sur la trappe et hurlent tous ensemble. Roger et Maurice écoutent, stupéfaits.

— On dirait que ça monte d'en bas, articule le premier. Des rats ne feraient pas autant de bruit. Cherchons.

Les deux hommes se mettent à escalader les sacs qui remplissent la chapelle. La chatte, effrayée, est délogée ainsi que ses petits.

— C'est par là, Roger ! indique Maurice.

Il place ses mains autour de sa bouche et appelle :
— Qui est là ?

Les six enquêteurs répondent en même temps. Dagobert aboie de plus belle.

— Un chien ! Il y a un chien ! murmurent les ouvriers agricoles.

Intrigués, ils se grattent la tête en regardant les sacs comme si un animal vivant pouvait être enfermé dans l'un d'eux.

— Tu crois que ça vient de *sous* les sacs ? interroge Roger.

— Peut-être dans la petite cave qu'on a découverte il y a quelque temps. On y accède par une trappe cachée sous une dalle. Tu te souviens ?

La clameur reprend.

— Faisons de la place, décide Maurice. Il faut savoir ce qui se passe.

Ils soulèvent une dizaine de sacs et découvrent la trappe.

Les deux hommes tapent dessus avec leurs grosses bottes.

— Qui est là ? hurlent-ils encore.

— Les Daniels ! répondent les jumeaux.

Les autres crient aussi pendant que Dagobert aboie frénétiquement.

— On dirait la voix des jumeaux, marmonne Roger. Tu vois comment ils ont pu descendre sans déplacer ces sacs ?

Avec un grand effort, les ouvriers agricoles soulèvent le lourd battant ; ils sont abasourdis de découvrir en bas la petite bande et les deux chiens. Le fidèle compagnon de Claude est le premier à sortir. D'un bond, il rejoint Maurice et son collègue ; la queue frétillante, il leur donne de grands coups de langue.

— Merci ! disent les jumeaux lorsqu'ils ont été hissés dans la chapelle. Heureusement que vous étiez là !

— Votre mère est folle d'inquiétude, déclare Roger d'un ton de reproche. Et voilà qu'on vous retrouve ! Par quel miracle ?

François remonte le dernier, après sa sœur, son

135

frère et sa cousine ; auparavant il tend à Maurice le pauvre petit Friquet qui a eu assez d'aventures pour une journée.

— Ce serait trop long à raconter maintenant, réplique Daniel. Vous pouvez remettre cette trappe en place ? Ne dites à personne qu'on était en bas ; on vous expliquera plus tard ce qui s'est passé. On va vite rassurer maman.

Tous partent en courant. Ils ont faim, ils sont fatigués, mais quel bonheur d'être sortis de ce souterrain ! Que diront M. et Mme Durand quand ils verront les trésors qu'ils rapportent ?

chapitre 18

Incroyable mais vrai

Les jumeaux se précipitent vers la ferme. Leur mère est paniquée. Ils se jettent dans ses bras : elle les embrasse tendrement.

— Où étiez-vous ? J'ai cru que vous aviez eu un accident ! M. Henning m'a dit que vous faisiez des fouilles sur la colline.

— Maman, tu peux t'attendre à une surprise. Où est papa ? Et papy ?

— Ils sont à la cuisine. Ils vous cherchaient aussi. Papy n'est pas content.

Son regard tombe sur les antiquités que ses enfants tiennent dans leurs mains.

— Qu'est-ce que c'est que tout ça ? On dirait des épées...

— On te racontera tout en goûtant, c'est promis !

Ils courent vers la cuisine.

— Attends ! souffle Danièle à son frère. Posons

137

nos trésors dans un coin sombre pour que papa et papy ne les voient pas jusqu'à ce qu'on soit prêts à les montrer.

Bientôt tous sont assis autour de la table ; ils meurent de faim. Heureusement, Mme Durand a préparé des tartines de beurre, de la confiture, du pain d'épice et des prunes.

— Votre mère était très inquiète, les jumeaux, bougonne le grand-père.

— On est désolés, répondent les Daniels. Mais ce n'est pas notre faute ; il nous est arrivé toute une histoire. François, raconte !

L'aîné des Cinq débute son récit.

— Quand on a appris que M. Henning avait obtenu l'autorisation de faire des fouilles... dit-il.

— Comment ? l'interrompt le vieillard. Qui le lui a permis ? C'est toi, Estelle ?

Mme Durand rougit.

— Oui, papy. M. Henning nous a offert cinq cents dollars pour avoir le droit de creuser...

— Cinq cents dollars ? Pour rien au monde je n'aurais laissé ce type faire des fouilles, moi ! s'indigne le grand-père.

Il crie et tempête pendant plusieurs minutes. À force d'explications et de mots gentils, la fermière réussit enfin à le calmer. Elle fait un signe de tête à François.

Le garçon reprend son récit. Il parle avec animation, comme s'il revivait les péripéties de cet extraordinaire après-midi.

138

Mme Durand pousse une exclamation en apprenant que Friquet et Zoé ont pénétré dans un terrier de lapin pour en ressortir avec un poignard et une bague.

— Mais... mais où... balbutie-t-elle.

D'un regard, son mari lui fait signe de se taire. Mick et Claude expliquent qu'après avoir élargi le terrier, ils ont découvert le passage secret oublié depuis le XIIe siècle.

— J'aurais voulu être avec vous ! s'écrie le grand-père, radouci et captivé par l'aventure des six enfants.

L'aîné du groupe décrit la lente progression dans le tunnel.

— Il faisait nuit, ça sentait le moisi, ajoute Annie.

— Soudain on a entendu un vacarme assourdissant ! poursuit son frère.

— Qu'est-ce que c'était ? demande le vieillard, impatient de connaître la suite.

— Le bruit des foreuses. Les ouvriers de M. Henning creusaient sur l'ancien emplacement du château, dit François.

Le vieil homme s'emporte ; il brandit sa pipe en direction du fermier.

— J'avais bien dit que je ne voulais pas de ces types chez moi ! rugit-il.

Mme Durand lui met la main sur le bras.

— Continue, François, encourage-t-elle.

Ce dernier arrive au point le plus dramatique de son récit : la découverte des souterrains du château.

139

— Tout était recouvert de poussière. Et l'écho était terrifiant ! intervient la benjamine de la bande.

Mick raconte leurs trouvailles, les vieilles armures encore intactes mais noircies par les ans, les râteliers d'armes chargés d'épées et de poignards, le coffre plein de pièces d'or...

— De l'or ! Je ne te crois pas ! conteste le grand-père. Tu fabules, mon garçon !

Les jumeaux se dépêchent de sortir de leurs poches les pièces d'or étincelantes. Ils les posent sur la table, devant leurs parents ébahis.

— La preuve qu'on ne ment pas ! déclarent-ils fièrement.

D'une main un peu tremblante, M. Durand les prend l'une après l'autre et, quand il les a examinées, il les tend à sa femme et au vieillard. Muet d'étonnement, ce dernier ne peut articuler un mot. La respiration lui manque. Il tourne et retourne les pièces dans ses grosses mains calleuses.

— C'est vraiment de l'or ? questionne la fermière, confondue.

Les jeunes explorateurs montrent ensuite les bijoux qu'ils ont apportés. Mme Durand les admire, bien qu'ils soient ternis : un bon nettoyage leur rendra leur éclat. Son mari s'intéresse surtout aux armes que François a décrites. Les Daniels se hâtent d'aller les chercher. Le grand-père s'empare de l'épée la plus lourde et la brandit comme s'il avait des ennemis à attaquer ; ses yeux flamboient.

— Non, non, papy, proteste Mme Durand effrayée.

Attention à la vaisselle sur le buffet. Là, j'en étais sûre ! Ma pauvre théière !

Pan ! La théière tombe et se brise en mille morceaux. Dagobert et Friquet aboient frénétiquement.

— Couchés, les chiens ! gronde la fermière. Papy, assieds-toi ! Laisse à François le temps de finir !

— Ha ! ha ! ricane le grand-père en s'enfonçant dans son fauteuil, un large sourire aux lèvres. Ça m'a fait du bien de manier cette épée. Où est M. Henning ? Je pourrais l'essayer sur lui !

Les enfants rient de bon cœur. La joie du vieillard les récompense de leurs efforts.

— Je t'écoute, dit-il à François. Ton histoire est captivante.

L'aîné des Cinq reprend son récit. Quand ses compagnons et lui ont voulu sortir du souterrain, ils ont trouvé l'ouverture bouchée par un éboulement. En suivant le tunnel dans la direction opposée, ils sont arrivés dans la petite cave de l'ancienne chapelle.

— Mais là, impossible de sortir ! intervient Claude. Il y avait bien une grande trappe dans le plafond, mais des tas de sacs la recouvraient ; on ne pouvait pas la soulever. Alors on a crié.

— Une cave sous la chapelle ? répète M. Durand. C'est donc là qu'aboutit le passage secret... Qu'avez-vous fait ?

— Un sérieux vacarme ! Maurice et Roger nous ont entendus ; ils ont retiré les sacs et ouvert la trappe, explique Annie. On était tellement soulagés.

Le grand-père a l'air pensif.

141

— Je n'ai jamais entendu parler de cette cave...
Aussi loin que remontent mes souvenirs, la chapelle a
été pleine de sacs ; son plancher était recouvert d'une
épaisse couche de poussière. Quand j'étais enfant,
j'y faisais des parties de cache-cache avec mes amis ;
ça fait plus de soixante-dix ans...

Le vieil homme semble avoir rajeuni de plusieurs
années ; la lourde épée est comme une plume dans
ses mains. Quant aux Durand, ils arborent des sou-
rires radieux. Grâce au trésor, ils pourront racheter
les terrains environnants et remplacer leur vieux tracteur.

« Quelle journée ! pense Annie. Je ne l'oublierai
jamais ! »

chapitre 19

Bravo, les Cinq !

— Madame Durand, où sont M. Henning, M. Durleston et Junior ? demande Claude qui se lève pour aider à laver la vaisselle.

— Ils m'ont prévenue qu'ils dîneraient tous à l'hôtel de M. Durleston. D'après ce qu'ils m'ont dit, les ouvriers ont atteint les souterrains du vieux château ; ils espèrent y faire des découvertes et m'ont promis un second chèque.

— Il ne faut pas l'accepter ! s'écrient les jumeaux.

— Non, ne vous inquiétez pas. M. Francville, l'antiquaire, pourra expertiser les armes et les bijoux. C'est un descendant des châtelains ; ça le passionnera d'apprendre ce qui s'est passé. Je vais lui téléphoner tout de suite.

Elle revient quelques minutes plus tard et annonce :

— M. Francville arrivera d'ici peu.

143

Un quart d'heure plus tard, la voiture de l'antiquaire fait son entrée dans la cour de la ferme. Le grand-père lui fait signe à travers la fenêtre. Il est enchanté de revoir son vieil ami.

L'antiquaire observe gravement les pièces d'or, les bijoux et les épées dénichés par les enfants.

— Ces armes sont magnifiques, commente-t-il en s'emparant des deux sabres.

— Hep ! l'interrompt le grand-père. Celle-là, je ne la vendrai jamais. Je la garderai pour le plaisir de la brandir de temps en temps quand je serai en colère.

Tout le monde éclate de rire.

— Les bijoux, les pièces d'or représentent un véritable trésor, poursuit M. Francville.

— Et dans le souterrain, il y a encore des tas d'objets, souligne Claude. Des armures, des bagues...

— Assez pour acheter des champs et plusieurs tracteurs, estime l'antiquaire. Mais il faudra des hommes pour déblayer ces souterrains.

— Si on gardait les ouvriers qu'Henning a embauchés ? suggère Mme Durand. De toute façon, il n'aura plus la permission de continuer ses fouilles.

— Ah, oui ! s'exclame son papy. Il faut le mettre à la porte, cet Américain. Quand je pense que cette crapule voulait tout piller !

— Calme-toi, tu es rouge comme une tomate, dit M. Francville. Et ne joue pas trop avec cette vieille épée, tu pourrais couper la tête de quelqu'un sans le vouloir.

— C'est bien possible, rétorque l'autre, une lueur

malicieuse dans les yeux. Si cet insolent de Junior passe près de moi quand j'aurai mon arme à la main...

Riant dans sa barbe, le grand-père se lève et s'achemine vers sa chambre, très satisfait.

M. Henning, M. Durleston et Junior ne reviennent pas cette nuit-là. Heureux d'avoir trouvé le souterrain, ils se font servir un excellent dîner au restaurant pour fêter le succès des fouilles. Quand ils terminent leur repas, l'heure est si avancée qu'ils décident de prendre des chambres à l'hôtel.

— Nous retournerons à la ferme demain matin pour remettre le deuxième chèque aux Durand. Ils sont tellement à court d'argent qu'ils accepteront notre offre. Ils seront tout heureux de toucher cinq cents dollars... et nous, nous gagnerons une fortune !

Le lendemain matin, les deux hommes et Junior se présentent à la ferme vers dix heures.

Toute la famille se réunit pour les recevoir ; le grand-père, M. et Mme Durand, les jumeaux. Le vieillard, dont les yeux brillent comme s'il avait vingt ans, est assis au fond de la pièce.

Les Cinq sont là aussi. Dagobert se demande ce que signifie la surexcitation générale. Couché sous la chaise de Claude, il gronde chaque fois que Friquet s'approche de lui. Le caniche, pour s'amuser, répond sur le même ton.

Une voiture luxueuse s'arrête devant la ferme. Les trois Américains font leur apparition.

145

— Salut tout le monde ! lance Junior avec son effronterie habituelle. Comment ça va ?

Personne ne lui répond, à l'exception de Dago ; en l'entendant grogner, le garçon fait un petit pas vers l'arrière.

— Tais-toi, sale chien ! grommelle-t-il.

Il s'assied près de son père et n'ouvre plus la bouche. La discussion s'engage rapidement.

— Monsieur Durand, commence M. Henning, j'ai le plaisir de vous remettre un nouveau chèque. D'après ce que nous avons vu, le contenu des souterrains n'est pas très intéressant. Cinq cents dollars, c'est une très belle offre.

Annie remarque qu'il transpire légèrement.

« C'est le signe qu'il ment, bien sûr ! » songe la fillette.

— Tout à fait, renchérit M. Durleston, le regard dur derrière ses verres épais. Voici le contrat. M. Henning est *très* généreux. Il n'y a rien de valeur dans vos caves.

— Je ne suis pas de votre avis, répond calmement M. Durand. D'ailleurs, nous rejetons votre offre. Nous nous chargerons des fouilles nous-mêmes. Si nous sommes déçus de nos trouvailles, ce sera tant pis pour nous.

— Quoi ? s'écrie M. Henning. Durleston, qu'en dites-vous ?

— Offrez-lui mille dollars, souffle ce dernier, déconcerté par cette attitude inattendue.

— Offrez ce que vous voudrez, je refuserai ! riposte le fermier. Je vais même vous rendre le chèque que vous m'avez donné hier. J'ai l'intention de garder les ouvriers que vous avez embauchés ; je les paierai moi-même.

— C'est un scandale ! crie le père de Junior en se levant.

Il assène un coup de poing sur la table et foudroie du regard M. et Mme Durand.

— Puisque je vous dis que ce vieux souterrain ne contient rien d'intéressant ! Je vous ai fait une offre très généreuse, mais je veux bien la porter à mille cinq cents dollars !

— Non, riposte le fermier sans perdre son calme.

Le grand-père juge que l'Américain mérite une réponse plus énergique. À son tour, il se lève et frappe sur la table. Tout le monde sursaute. Dagobert aboie, Friquet se sauve à toute vitesse.

— Nos sous-sols sont vides ? Il n'y a pas l'ombre d'un trésor ? Alors pourquoi tenez-vous tellement à nous en acheter le contenu ? Nous voyons clair dans votre jeu, Henning ! Vous voulez nous rouler ! Après avoir creusé, vous avez vu les trésors des caves, et vous savez très bien qu'ils valent beaucoup plus que la somme que vous nous proposez !

Son interlocuteur jette un regard interrogateur à M. Durleston qui hoche la tête.

— Alors je vous en offre cinq mille dollars ! lance l'Américain. Marché conclu ?

— Jamais ! réplique le grand-père, triomphant. Nous ne voulons pas un centime de votre argent !

147

Vous êtes une crapule ! Vous pensiez que nous étions de pauvres paysans ignorants ! C'est bien fait pour vous ! Les jumeaux, allez chercher les objets que vous avez remontés des caves !

Sous les yeux ébahis des Américains, les Daniels étalent sur la table les pièces d'or, les bijoux et les épées. L'expert reste confondu.

— Alors ? demande le vieillard en tapant de nouveau sur la table.

— Peuh ! de la camelote ! déclare M. Durleston d'un ton méprisant.

Mme Durand prend la parole.

— Si vous estimez que les objets étalés sur cette table n'ont aucune valeur, alors vous ne méritez pas votre titre d'expert. Ces armes et ces bijoux feraient le bonheur des plus grands collectionneurs. M. Francville, l'antiquaire, les vendra à Paris pour une somme bien supérieure à celle qu'offre M. Henning.

Annie a envie d'applaudir.

— Je crois que nous n'avons plus rien à nous dire, déclare le fermier en se levant. Vous pouvez faire vos valises et partir.

— Papa, je *veux* rester ici ! gémit Junior à l'étonnement de tous. Je *veux* voir ces souterrains. Je *veux* participer aux fouilles. Je *veux* rester !

— Et nous, on ne veut pas de toi ! riposte Daniel, furieux. Tu passes ton temps à nous espionner, à te vanter, à embêter tout le monde. Monsieur déjeune au lit ! Monsieur crie quand on ne lui obéit pas au doigt et à l'œil ! Monsieur...

— Ça suffit, l'interrompt sévèrement sa mère. Junior peut rester s'il promet d'être sage.

— Je *veux rester* ! répète le jeune Américain en trépignant.

Par malheur, son pied frappe le museau de Dagobert ; le chien gronde et montre les crocs. Junior court vers la porte.

— Tu t'incrustes toujours ? crie Claude.

— Non, pleurniche le garçon en sortant.

Son père est vert de rage.

— Si ce molosse mord mon fils, je le ferai abattre, menace-t-il.

— Vous voyez cette épée, Henning ? interroge brusquement le grand-père. Elle est belle, hein ? Autrefois, on s'en servait pour se débarrasser des ennemis. On la brandissait de ce côté, puis comme ça...

— Arrêtez ! Vous êtes fou ! Vous avez failli me blesser ! hurle le riche Américain pris de panique. Lâchez cette arme !

— Certainement pas !

Il brandit de nouveau la lame, qui casse l'ampoule de la lampe suspendue au plafond ; les débris de verre tombent de tous côtés. M. Durleston s'enfuit de la cuisine ; il se heurte violemment à Roger qui entre au même moment.

— Il est fou... Ce vieillard est fou ! répète l'expert. Henning, sauvez-vous ! Il est capable de vous couper la tête !

Son ami s'enfuit aussi. Le grand-père agite tou-

149

jours son glaive, les yeux flamboyants et la barbe en bataille. Les enfants n'en peuvent plus de rire.

Un sourire rayonnant éclaire le vieux visage ridé.

— Nous voilà débarrassés de ces maudits clients ! Et dire qu'ils pensaient nous impressionner avec tout leur argent ! Ils voulaient nous rouler, oui !

Mme Durand tombe dans un fauteuil en poussant un soupir de soulagement. Puis, à la consternation des enfants, elle éclate en sanglots. Les jumeaux courent l'embrasser.

— Ne vous inquiétez pas, murmure-t-elle. Je pleure de joie. Pensez un peu, plus de soucis... Nous n'aurons plus besoin de prendre des pensionnaires. Nous pourrons racheter les champs environnants...

— Vous voulez qu'on parte, nous aussi ? s'enquiert Annie.

— Oh ! non, vous, vous êtes des amis ! proteste la fermière en souriant à travers ses larmes. Et vous nous avez apporté la fortune !

— Ce sera super de rester ! déclare Mick. On s'amusera bien à déblayer les souterrains avec les ouvriers.

— Ça, oui ! renchérit Claude. Je ne voudrais surtout pas partir maintenant. De toutes nos aventures, c'est la plus palpitante.

— Ouah ! ouah ! approuve Dagobert en agitant si fort la queue qu'il renverse Friquet.

— Il faudra seulement veiller à ce que le grand-père ne nous décapite pas avec sa vieille épée !

**Quel nouveau mystère
le Club des Cinq
devra-t-il résoudre ?**

**Pour le savoir,
regarde vite la page suivante !**

● ● ● ● ● ● ● ● ● ● ● ● ● ● ●

Claude, Dagobert
et les autres sont prêts
à mener l'enquête

Dans le 19ᵉ tome de la série
le Club des Cinq,

La boussole
du Club des Cinq

Pas possible ! Le père de Claude a invité un ami savant à travailler avec lui à Kernach pendant les vacances... et voilà le Club des Cinq mis à la porte de la Villa des Mouettes ! Qu'à cela ne tienne : François, Claude, Mick et Annie iront s'installer dans le vieux phare abandonné du cap des Tempêtes. Là, au moins, ils ne dérangeront personne ! Personne, vraiment ? Alors pourquoi les sacs des jeunes vacanciers ont-ils été fouillés ? Et qui a volé la clé du vieux phare ?
Il y a de quoi perdre la boussole...

Les as-tu tous lus ?

1. Le Club des Cinq
et le trésor de l'île

2. Le Club des Cinq
et le passage secret

3. Le Club des Cinq
contre-attaque

4. Le Club des Cinq
en vacances

5. Le Club des Cinq
en péril

6. Le Club des Cinq
et le cirque de l'Étoile

7. Le Club des Cinq
en randonnée

8. Le Club des Cinq
pris au piège

9. Le Club des Cinq
aux sports d'hiver

10. Le Club des Cinq
va camper

11. Le Club des Cinq
au bord de la mer

12. Le Club des Cinq
et le château de Mauclerc

13. Le Club des Cinq
joue et gagne

14. La locomotive
du Club des Cinq

15. Enlèvement
au Club des Cinq

16. Le Club des Cinq
et la maison hantée

17. Le Club des Cinq
et les papillons

**Suis
le Club des Cinq
dans chacune de ses
aventures !**

Table

« Pour l'éditeur, le principe est d'utiliser des papiers composés de fibres naturelles, renouvelables, recyclables et fabriquées à partir de bois issus de forêts qui adoptent un système d'aménagement durable. En outre, l'éditeur attend de ses fournisseurs de papier qu'ils s'inscrivent dans une démarche de certification environnementale reconnue. »

Composition MCP – *Groupe Jouve* – 45770 Saran

Imprimé en France par Jean-Lamour - Groupe Qualibris
Dépôt légal : septembre 2008
20.20.1644.2/01 – ISBN 978-2-01-201644-6
Loi n°49-956 du 16 juillet 1949
sur les publications destinées à la jeunesse